さくら荘のペットな彼女 2

鴨志田 一
Hajime Kamoshida
イラスト 溝口ケージ
illustration Keji Mizoguchi

「ここでやれば、恋がわかる気がするの」
「……へ？」
椎名《しいな》ましろ
美術科の二年生。世界的な天才画家だが、
漫画家を目指しており、デビューが決まる。
非常識行動&天然扇情発言は相変わらず。
さくら荘202号室の住人。

神田《かんだ》空太《そらた》

水明芸術大学付属高校普通科二年で、ましろ当番。
ゲームクリエイターを目指し、メーカー主催の
企画オーディションに挑戦することに。101号室の住人。

青山《あおやま》七海《ななみ》
普通科の二年生で、空太のクラスメイト。
バイト代で自活しながら声優養成所に通っている。
一般寮の家賃を滞納し、さくら荘に引っ越してくることに。

「か、神田君……」
「違う、青山、これは！」

「ななみん歓迎水泳大会を
開催するんだも〜ん！」

上井草《かみいぐさ》美咲《みさき》
美術科の三年生。特待生としての実力を持ちながら、
アニメばかりを作り権利を剥奪された変人。
幼なじみの三鷹仁に想いを寄せている。201号室在住。
「上井草先輩！準備運動くらいしてください！」
「……」

CONTENTS

デザイン●T

さくら荘のペットな彼女 2

似たような毎日を、どこか退屈《たいくつ》だと思っていた。
さくら荘《そう》に来るまでは。
何も起こらないことを、誰《だれ》かのせいにしていた。
彼女と出会う前は。
でも本当は違《ちが》ったんだ。
その気になれば、世界なんて一瞬《いっしゅん》にして色を変える。
自分が変わろうとすればいいだけだ。
さくら荘はいろんな色が混ざってぐちゃぐちゃだ。
それは、きっと、これから先もずっと変わらない。
そう信じてる。

第一章
夏と言えば山と海?

1

薄《うす》い雲が月を隠《かく》すと、少しだけ部屋の中は暗くなった。

さくら荘《そう》の101号室。その真ん中で、部屋の主《ぬし》である神田空太《かんだそらた》は、繊細《せんさい》な雰囲気《ふんいき》の少女、椎名《しいな》ましろと見つめ合っていた。わずかにつり上がった目。艶《つや》のあるしなやかな髪《かみ》。透《す》き通るように綺麗《きれい》な肌《はだ》。邪《よこしま》な感情で触《ふ》れたら壊《こわ》れてしまいそうな儚《はかな》さがある。

「空太」

薄い唇《くちびる》に名を呼ばれ、空太は目線で疑問を返す。

「わたし、したことないから」

ましろの淡々《たんたん》とした声音が部屋の沈黙を満たしていく。昼間はあれほどうるさかった蟬《せみ》の合唱も今はない。言葉が途切《とぎ》れると、お互《たが》いの息遣《いきづか》いが聞こえてくる。

「あ、ああ」

額《ひたい》から滴《したた》る汗《あせ》を、空太はTシャツの袖《そで》で拭《ぬぐ》った。

今日は、この年の最高気温を記録する猛暑日《もうしょび》で、太陽が沈《しず》んでからも一向に涼《すず》しくなる気配《けはい》はなかった。

ましろの肌も、ほんのりと上気して薄紅色《うすべにいろ》に染まっている。

「やさしくしてね」

「いきなり最後までは無理だろうから、やれるところまでだな」

「ダメよ」

「お前な」

「途中だと困るわ」

「けど……」

「空太ならいいから……最後までして」

じっと空太を見つめてくるましろの瞳《ひとみ》に迷《まよ》いはなく、そのつもりで、今日はここにいるのだと言葉以上に語っていた。

「わ、わかったよ」

壊れやすい氷の置き物のような印象のくせして、ましろには言い出したことを絶対に曲げない強さがある。とことん頑固《がんこ》な性格なのだ。だから、空太が折れるしかない。

「やめたいときは言えよ。無理しても仕方ないし」

「空太がしてくれるなら平気よ」

「そこまで言うなら、もう止めないけどさ。じゃあ、さっさと見せろ」

無感動な瞳に、わずかな迷いが生じる。

「空太……強引ね」

「じゃないとできないだろ」

「でも、いきなりは嫌《いや》よ」

「今さらなに言ってんだよ」

「だって……」

「あ～、じれったいやつだな」

「恥《は》ずかしぃわ」

「もう、いい加減《かげん》にしろ！　椎名《しいな》に恥ずかしいなんて感情はない！」

「そんなに見たいの？」

「いいから、赤点取った答案を出せ！　明日の追試に備えて勉強をするんだろ！」

あ～あ、と空太《そらた》は思う。どうして、こんなことになってしまったんだろうか。今日から楽しい夏休みだったのに。楽園を目の前に、梯子《はしご》を外された気分だ。

全部、椎名ましろの頭が悪いのが悪い。面倒を空太に押し付けて合コンに出かけていった無責任教師の千石千尋《せんごくちひろ》が悪い。原因は明白かつ明快《めいかい》だ。

だが、それがわかったところで、事態はひとつも好転しない。だから、空太はため息を吐《つ》く。唯一《ゆいいつ》できることと言えば、それくらいしかないのだから……。

夏休み初日の朝……というか昼過ぎ、空太は釜茹《かまゆ》でにされながら、熱々の鍋《なべ》を食べるという拷問《ごうもん》のような夢を見ている途中《とちゅう》で目を覚ました。

窓から差し込む太陽の光がじりじりと肌《はだ》を焼き、さらに、腕《うで》やら足やら腹やらに七匹《ひき》の猫《ねこ》が圧《の》し掛《か》かっていたせいで、全身汗《あせ》だく、脱水症状《だっすいしょうじょう》寸前《すんぜん》の状態だった。

「干《ひ》からびて死ぬところだった……」

猫を押《お》しのけて身を起こす。猫たちが一斉《いっせい》に抗議《こうぎ》の声を上げたが無視。

湿ったTシャツを脱《ぬ》ぎ捨て、南の空に浮かぶ灼熱《しゃくねつ》の太陽を忌々《いまいま》しげに睨《にら》みつける。無駄《むだ》だとわかっていても、これだけ暑いと、呪《のろ》わずにはいられなかった。

立っているだけで、全身からじわじわと汗が噴き出してくる。

うちわで力いっぱい扇《あお》いでみても、生温かい空気が肌に張りつくだけで、少しも涼《すず》しくはならなかった。

諦《あきら》めてTシャツを着替《きが》え、水分補給《すいぶんほきゅう》のためにダイニングに出ようとしたところで、部屋のドアが外から勢いよく開いた。

おかげで、空太はドアと情熱的なキスをするはめになった。

「なにすんですか、美咲先輩《みさきせんぱい》！　俺《おれ》のはじめてを！」

やってきた人物を確認する前に、空太はそう叫《さけ》んだ。

開いたドアの陰《かげ》には、さくら荘《そう》２０１号室の住人である美術科の三年生、上井草《かみいぐさ》美咲が何かを企《たくら》むような顔で立っていた。背中には筒《つつ》を隠《かく》し持っている。

「じゃじゃ～ん！　できたよ、こーはいくん！」

美咲《みさき》がばっと広げて見せてきたのは、ポスターサイズの紙。今日から八月の終わりまでのカレンダーだ。

「夏を誰《だれ》よりも楽しく幸せに過ごすための奇跡《きせき》の結晶《けっしょう》だよ！」

よく見れば、日付の下に細かく予定らしきものが書かれている。とりあえず、今日の予定を確認する。

――七月二十一日『ツチノコ探し！』

初日から大変遠慮《えんりょ》したい内容が書かれていた。

他にも『UFO開発』『踊《おど》り食《ぐ》い』『クジラの一本釣《づ》り』『さるすべりをさるすべる』に『アイアンマンレースで優勝』などという、不可能なものから理解不能なものまで、とにかく、わけのわからないスケジュールで、夏休みがぎっしり埋まっていた。

だが、この程度で驚《おどろ》いてはいけない。美咲の真の恐ろしさは、言い出したことを本当に実行してしまう人知《じんち》を超《こ》えた行動力にこそあるのだ。これは早急に手を打つ必要がある。

「あとは青い山とか、七つの海を股《また》にかければ完璧《かんぺき》だね！」

「誰かの名前のように感じるのは気のせいですかね。ま、それはさておき……」

空太《そらた》は美咲から予定表を奪《うば》うと、くしゃくしゃに丸めてゴミ箱に放り込んだ。

「あ～、何するのさ～！　三ヵ月前から準備して、毎日寝《ね》ながら考えたのに！」

「俺《おれ》、休みは実家に帰るんで無理なんですよ」

「バカな！　千尋《ちひろ》ちゃんがこーはいくんには帰るに帰れない事情があるって言ってたもん！」

「あのものぐさ教師は、また適当なこと言ったんですか？」

「別に、適当なことじゃないわよ」

美咲の背後には、いつのまにか合コン仕様《しよう》の千尋がいた。気合い十分のメイクに、ちょっと短めのスカート。過ぎ去った二十代にしがみ付こうと努力する姿勢に、空太は底知れぬ哀愁《あいしゅう》を感じ取って、切ない気持ちになった。

「予言してあげるわ。あんたは実家には帰れない。自らの意思でさくら荘《そう》に残るわ」

「はあ」

「じゃあ、こーはいくんは、あたしとたくさん思い出作ろうね。予定も作ったし！」

美咲に付き合っていたら、機械の体でも手に入れない限り体力が持たない。毎日一緒《いっしょ》にいたら、確実に過労死《かろうし》するだろう。なんとしてもそれだけは避《さ》けたい。

「先輩《せんぱい》、実家は？」

「帰りますん！」

「どっちだよ！」

「帰らないよ～。仁《じん》も残るって言うし、今月中くらいに脚本《きゃくほん》できそうだって言うし。あがったら早速《さっそく》作りたいし。設定とかはもう色々やってるし」

常識外れの発言が多々見られるが、幼なじみの三鷹仁《みたかじん》が脚本《きゃくほん》を担当する、美咲《みさき》の自主制作アニメの評価は非常に高く、一部のファンからは神として崇《あが》められているほどだ。

それにしても、アニメ制作をしながら、毎日遊びまくるつもりでもいるのだから、ほんとびっくりする。やはり、同じ人間とは思えない。さすが宇宙人だ。きっと、空太《そらた》とは別のエネルギー機関で活動しているに違いない。

「仁さんも残るんだ……ふ～ん」

「どうせ、地元に会いたくない女でもいるんでしょ」

千尋《ちひろ》は事情を知らないはずだが、妙《みょう》に的を射《い》たことを言ってくる。たぶん、仁は元カノである美咲の姉に会いたくないから残るのだろう。確か、名前は風香《ふうか》。そう言えば、去年の夏も今年の正月も、仁は帰省しなかった。空太が親元に帰っている期間、猫《ねこ》の世話を頼《たの》んだのでよく覚えている。

「先生は？」

「あんた、何が悲しくて、わざわざ両親から『早く孫の顔を見たい』とか『育て方を間違えた』とか『悔《く》いが残って、死んでも死にきれない』とか言われに帰んなきゃならないのよ」

「そうですね……」

人間、三十路《みそじ》を迎えると十代には想像もできない苦労が生じるらしい。

「それはそうと、先生は何か用ですか？」

「用もないのに、私が声かけるとでも思ってるの？」

「思ってないから聞いてるんですよ」

　このさくら荘《そう》の管理人室に住まう美術教師の態度は最初からこうだった。発言や行動に遠慮《えんりょ》がない。言いたいことは言ってくるし、やりたいことはやり放題だ。一応、問題児ばかりが集まるさくら荘において、生徒を監督《かんとく》し、更生《こうせい》させる使命があるはずなのだが、その職務が全《まっと》うされているのを、空太は見たことがない。まあ、あれはダメ。これはダメ。これをあれしろ。あれをこれしろとうるさく言われるよりはよほどいいが。

「あんた、ましろの追試、面倒《めんどう》見てやんなさい」

「はい？」

「合格点取るまで、あんたも夏休みお預けだから、せいぜいがんばるのよ」

「やったね！　こーはいくん！　実家には帰れないよ！」

「先生、事情の説明をしてください。せめて、それだけでも！」

　面倒くさそうな顔を千尋が向けてきた。

「期末でましろが赤点を取ったの。期末で赤点取った場合は、追試に合格しないと進級できなくなるってこと、神田《かんだ》も知ってんでしょ？」

「知ってますけど、俺にも予定ってもんがあるんですよ！」

「は？　ど〜せ、ろくでもない予定でしょ？　ないのと同じよ、そんなの。しょぼくれた青春時代ね。どの辺が青いのかしら？　暗黒時代の方がお似合いね、絶対」

「そうそう、こーはいくんの夏はあたしが独《ひと》り占《じ》めするんだから！」

そんなことになったら、本当に暗黒時代になるではないか。

「なんで、先生にそこまで言われなきゃなんないんすか！　あんたは鬼《おに》か！　先輩《せんぱい》もいちいち絡《から》んでこないでください！」

「なにさ、なにさ、こーはいくんのバカー！　末代まで呪《のろ》ってやるんだから、覚えておけ～！」

そう言って、べ～っと舌を出すと、美咲《みさき》は部屋から飛び出していった。ほんとに疲《つか》れる。

「たいした用事もないあんたに、親切な私が予定を作ってあげるって言ってるのよ？　素直に感謝して咽《むせ》び泣《な》くがいいわ」

「こんな理不尽《りふじん》な展開に感謝の念を抱《いだ》いちゃったら、俺《おれ》、頭のおかしい人でしょ！」

「あんた、ましろの飼い主でしょ？　最後までちゃんと面倒《めんどう》見なさい。飽《あ》きたからって、親に押《お》し付けていいのは小学生までよ？」

「自分の従姉妹《いとこ》をペットみたいに言うな！　俺、明日にでも福岡の実家に帰ろうかと」

「は？」

「なにゆえ、そのような反応？」

「ママンのおっぱいが恋しいって言うなら止《と》めないけど。あんた、帰省するなら、ましろも連れて行きなさいよ」

「それこそ、は？」

「あんたが不在のとき、誰《だれ》が世話すんのよ？　ざけんじゃないわよ」

「ざけてんのはどっちだ！　俺が実家に椎名《しいな》を連れて行くってのは、明らかにおかしいでしょ！　なんすか、その究極の罰《ばつ》ゲームは！」

実家にましろを連れて行く。想像するのも恐《おそ》ろしい。家族にどんな目で見られることか。

「いいじゃない。毎日乳繰《ちちく》り合っているかわいい彼女ですって、ご家族に紹介《しょうかい》してあげれば。見た目はいいから、あんたには勿体無《もったいな》いって、ご両親も咽び泣くと思うわよ」

「世の中どんだけ咽び泣いてんですか。それに『誰が』『いつ』『どこで』『どんな風に』乳繰り合ったんですか！」

「んなこと知るわけないでしょ。私はあんたのプライベートに興味ないもの。いつでも、どこでも、好きなようにやればいいいじゃないのいつも通り」

「乳繰り合ってること前提《ぜんてい》で話を進めないでください！」

「あ〜言えば、こ〜言う。面倒くさい男ね」

「誰のせいだ！」

「乳繰りが嫌なら、ご両親には、孫の誕生《たんじょう》を楽しみにしておくように伝えなさい。大概の親は孫の話題には寛大よ」

「もっと先まで行ってどうすんの！」

「あんた、このクソ暑いのに、よくもそんな暑苦しいハイテンションで私の視界に収《おさ》まってくれるじゃない」

「先生が俺の血圧《けつあつ》を上げるせいでしょうが！」

「ま、とにかく、ましろの追試の面倒《めんどう》は頼《たの》んだわよ」

「勉強なら、美咲先輩《みさきせんぱい》とか仁《じん》さんの方が優秀でしょ」

さくら荘《そう》にいるふたりの三年生の名前を挙げても、千尋《ちひろ》はぴくりとも興味を示さない。

性格には激《はげ》しく難《なん》があるが、201号室の住人、上井草《かみいぐさ》美咲は入学時から学年トップを譲《ゆず》ったことがない変人だ。その幼なじみで103号室に住む外泊の帝王こと三鷹《みたか》仁も、成績上位を常《つね》にキープしている。ふたりとも、三年一学期の成績を最終評価として、すでに水明《すいめい》芸術大学へのエスカレーター入学の権利を獲得《かくとく》している。美咲は映像学部、仁は文芸学部へ進学予定だ。

それに比べて、空太の成績は中の中。赤点こそ取ったことはないが、平凡《へいぼん》極まりないことに変わりはない。

「あんた、常識でものを語んなさいよ」

「その言葉をそっくりそのまま先生に打ち返します」

「上井草が他人に勉強を教えられるはずないでしょ。人類をなんだと思ってんの？」

「もうちょい、生徒を信用してください！　人類を諦めないで！」

「無理なもんは無理よ。ダメなやつはなにやってもダメなの」

「教育者が言うことか！」

「嘘《うそ》教えるより、よっぽどいいわ。社会の厳しさ知らないで、甘《あま》やかされたまま世の中に出るから、ちょっとした壁《かべ》にぶつかったくらいで心がぽっくり折れるのよ。自分の大きさを知るのも重要なことよ？」

「なんか、世の中に恨《うら》みでもあるんすか？　結婚できないせいですか？」

「神田。人が殺意を覚える瞬間《しゅんかん》がいつかわかる？」

すっと細められた千尋の目は針《はり》のように鋭《するど》く、氷のように冷たかった。

「さ、さあ？　つうか、美咲先輩がダメなら仁さんがいるでしょ！　今日はまだ出かけてないし！　頼んできますから」

「三鷹と女子を部屋にふたりにしたら、子作りの勉強にしかならないわよ？　そんなことも知らないのね、あんたは」

「生徒をなんだと思ってんだ！　いくら仁さんでも……いや、可能性はある……ような、ないような、あるな！」

「結論が出てることをいちいち説明させないでくれる？　もっと、脳《のう》みその回転数をあんたは上げなさい。じゃないと、使える人材になれないんだから」

「急にシビアなこと言わないでください。って、そういや、先生が勉強見てあげればいいじゃないですか！」

「はあ？　あんた、なに言ってんの？　私、今夜は合コンだって言ったでしょ？」

「言ってねえ！　見ればわかるけど！」

「あ、わかる？　今日は小悪魔《こあくま》風に決めてみたわ」

得意げに千尋《ちひろ》が片目を瞑《つぶ》る。

小悪魔なんかとっくに通り越して、大魔王にしか見えなかったけど、空太《そらた》は出かかった言葉をぐっと喉元《のどもと》に留《とど》めた。

「はい。これ、追試の日程《にってい》表《ひょう》」

「はあ……」

差し出された紙を反射的《はんしゃてき》に受け取る。全九科目を二日に分けてやるらしい。その日にちはというと……。

「明日!?」

それと明後日《あさって》だ。

「がんばって」

「先生バカでしょ！　なんで今日になって言うんですか！」

「決まってんでしょ？　新人賞の発表やらなんやらで、ましろが勉強なんかできる状態じゃなかったし、あんたも、一緒になっておかしなテンションになってたから、気を遣《つか》ってあげたのよ。感謝《かんしゃ》しなさい」

「……あ～、もういいです。なんか、疲《つか》れてきた」

「文句はましろに言いなさいよ。赤点取ったのは私じゃないんだし。あ、もうこんな時間。合コン前に、ヘアサロンの予約してんだから。じゃ、あと任せたわよ」

ヒールを突《つ》っかけると、空太の返事も待たずに、千尋はうきうきした様子で出かけて行ってしまった。取り残された空太の足元に、生温《なまぬる》い風が吹《ふ》き込んできた。

そうしたやり取りの末、空太はいつも通り厄介《やっかい》ごとを一方的に押《お》し付けられたのだ。

千尋が出かけたあと、残された空太は猫《ねこ》の餌《えさ》やりを済ませ、自分の小腹《こばら》も同時に満たし、現実と向き合う勇気を蓄えてから、ましろの部屋に向かった。

ノックをしてもどうせ返事はないので、問答無用《もんどうむよう》でドアを開ける。その途端《とたん》、空太の視界は白く照らされた。何が起きたのか、一瞬《いっしゅん》理解できなかった。

いつものように部屋は散らかり放題。服と下着とネームで床《ゆか》は埋め尽くされている。

ましろはその中心にいた。姿見《すがたみ》の前に立っている。後ろ姿だ。髪《かみ》の隙間《すきま》からシミひとつない透明《とうめい》な肌《はだ》が見えている。きゅっと引き締《し》まったウエストのラインはとても美しい。つんと上を向いたお尻《しり》が空太を出迎《でむか》えていた。まさに、生まれたままの姿。

イーゼルに載せた画用紙に鉛筆を走らせていたましろが、物音に気がついて肩越《かたご》しに振り向く。目が合った瞬間《しゅんかん》、空太《そらた》は勢いよくドアを閉めた。

すぐさまドア越しに声をかける。

「お前、なにしてんの⁉」

「裸婦《らふ》のデッサン」

「裸婦がデッサンの間違《まちが》いだろ！」

「鏡見ながらやってた」

「裸婦が裸婦画かよ！　なんで急に⁉」

「学校の課題」

「裸が⁉」

「デッサンが」

「別の題材を選べ！　自分の裸を提出する気か⁉」

「だいじょうぶよ」

「なにが？」

「よく描《か》けた」

「誰《だれ》もクオリティの心配なんかしとらんわ！　恥《は》ずかしくないのか⁉」

「作品だもの」

「よ～し、だったら、俺《おれ》に見せてみろ」

「……」

「なぜ黙《だま》る？」

「空太はダメよ」

「どうして？」

「恥ずかしいもの」

「さっき作品だから恥ずかしくないって言ってなかった？」

「空太はダメ」

「詳しく理由を聞こうじゃないか……ってか、やっぱり言うな！」

どうせおかしな答えが返ってくるに決まっている。頭が痛くなる前に、話を進めてしまった方がいい。

「とにかく、違う絵にしなさい。それを出すというのなら俺が全力で阻止するからな」

「……わかったわ」

しおらしい声音《こわね》だった。

「お、おう……わかったなら服を着とけよ？　追試の件で話があるんだよ、俺は」

「少し待って」

ドアを背に寄りかかる。空太は深呼吸をして動悸《どうき》を鎮《しず》めた。

五分ほど瞑想してからましろに声をかけた。

「そろそろ、いいか？」

「いいわ」

その返事に安心して、空太《そらた》は無防備にドアを開けた。

目の前には、大きめのバスタオルを巻いただけの少女がひとり。

「俺《おれ》は服を着ろって言ったよね？　俺の理性が崩壊したらどうすんの？　もう決壊寸前ですよ？　わかってる？」

「空太が用意してくれないから」

「はい、そうですね。全部俺が悪いんだよね……」

「ノックもしないし」

「しても、いつも返事しないだろ！」

「ノックしてくれないと困《こま》る」

胸元《むなもと》でバスタオルをぎゅっと握《にぎ》ったましろは、顔をほんのりと朱色に染《そ》めている。

「裸の絵を提出しようとしてたやつが言っても説得力ないんだけど」

自然と空太の目はイーゼルの画用紙に向かった。だが、絵が視界に収《おさ》まる前に、ましろが背中に隠《かく》すように立ち位置を変えたせいで、殆《ほとん》ど見ることができなかった。

「困るの」

むっとしたましろがほっぺたを膨《ふく》らませている。

「わ、わかった！　今後はノックするから！　と、とにかく追試だ！」

空太《そらた》はごまかすように宣言《せんげん》して居心地《いごこち》の悪さを断《た》ち切った。

それから、服を見繕《みつくろ》ってましろを着替《きが》えさせる。それが済むと、期末の答案用紙と勉強道具一式を持たせて、自分の部屋に連れて行くのだった。

その頃には、すっかり日は沈《しず》んでいた。


空太の部屋で、ふたりは折畳式《おりたたみしき》のテーブルを挟《はさ》んで向かい合わせに座っていた。

「というわけだから、答案用紙を出しなさい」

「怒らない？」

「俺《おれ》が怒らずにはいられないほどの内容なのか？」

「空太次第ね」

「点数次第の間違いだろ！」

「そうとも言うわ」

「そうとしか言わん！　てか、いいから出しなさい」

おずおずといった様子で出された答案用紙は全部で九枚。期末試験は全九科目なので、ひとつも赤点の取りこぼしはないということだ。

その時点で、空太は頭を抱《かか》えたい気分だった。九教科も教えなければならないのに、試験は明日と明後日《あさって》……。どう考えても間に合わない。

しかも、その点をひとつずつ確認していくに従って、空太の表情から完全に血の気《け》は失《う》せた。

国語は0点……。

数学も0点……。

以下同文……。

見事なゼロ行進。九回を完封《かんぷう》。今日のヒーローインタビューは間違いなしだ。ただ、残念なのは、これは野球のスコアボードではなくて、期末試験の答案である。

目の前の現実に声も出ない。なんと言えばいいのだろう。脳《のう》が完全に職務を放棄《ほうき》している。

「感動してるの？」

「呆《あき》れてんだよ！　お前、バカの才能もあったんだな」

「ひどいわ」

「ひどいのは椎名《しいな》の頭の方だと思うけどね」

「怒らないって約束したのに」

「怒っちゃいないだろ！　なんか、世界の果てを見たような気分に浸《ひた》ってるだけだ」

「わたしも見たいわ」

「椎名が世界の果てなんだよ！」

「違うわ」

「もういいです。はい、いいです。てか、ほんと大丈夫か？　頭腐《くさ》ってないか？　なんで、英たんだよ」

語まで0点なんでしょうね。帰国子女《きこくしじょ》としてのプライドとアイデンティティはどこに置いてき

　ましろが真剣な表情で考え込《こ》む。


「モンゴル？」

「飛行機から落としたって意味⁉　残念だがモンゴルにはないぞ。いきなり名前を出されてモンゴルも迷惑《めいわく》だ！　ちゃんと謝っておけ」

「モンゴル、どっち？」

「知るか！」

「ごめんなさい」

　ぺこりとましろが空太《そらた》に向かって頭を下げる。

「俺はモンゴルじゃないぞ」

　疲《つか》れる。とても疲れる。この椎名《しいな》ましろに常識は通用しない。おかしな行動のひとつひとつにツッコミをいれていたら、ツッコミ疲《づか》れで死んでしまうかもしれない。存在そのものがボケなのだ。

「お前、一体、どんな勉強してきたんだよ」

「絵の勉強」

「普通の数学とか、英語とかは？」

「したことないわ」

「うわ〜、こりゃ、どうにもならんぞ」

ましろの返答が冗談の類《たぐい》でないのは、今日までの経験でよくわかっているし、0点の答案が痛いほどに証明してくれている。

「とりあえず、ノートを見せなさい」

表紙に数学と書かれた大学ノートをましろは手に取り、空太に差し出してきた。けど、その端《はし》を空太が摑《つか》んでも、ましろは手を離そうとはしない。

「椎名さん？」

「怒らない？」

「この流れ、またやるの？」

「空太次第よ」

「ノート次第だろ！　いいから、貸しなさい」

しぶしぶと言った様子で、ましろが両手を離した。

手にしたノートに、妙な違和感がある。

「なんか、でかくない？」

Ｂ５サイズが普通なのに、ましろのノートはＡ４サイズだ。

「使いやすいわ」

「ふ～ん、まあいいけど……」

ページを一枚、また一枚とめくったところで空太《そらた》は声を荒らげた。

「やっぱり、よくねえ！」

ノートには授業の内容なんてひとつも書かれていない。全部、漫画《まんが》用のネームだったり、キャラのデザインラフだったり、どう見てもただの落書きだったりしている。

「なんだこれは！　自由帳ですか？　そうですよね？　こんなもん、小学校と一緒《いっしょ》に卒業しておけ！　使いやすいって絵を描《か》くのにだろ！　そりゃ、0点取るわ！　同情の余地《よち》もない！てか、俺《おれ》もどんだけツッコミ入れてんだ！」

「約束破《やぶ》った」

「知るか！」

「ひとでなし」

他の科目のノートも全部同じで、どれも落書き帳と化していた。

「お前、もうちょいまじめに授業を受けろ。勉強する意思を見せろ。じゃないと、俺もお手上げだ。それと、ひとでなしは言い過ぎじゃない？」

空太が感情のままに言葉を並べたところで、ましろの態度は変わらない。きょとんとした様子で、無感動に空太を見ている。不思議な動物を見るような目だ。不思議な動物なのは、ましろの方なのに。

釈然《しやくぜん》としない気持ちに苛立《いらだ》ちながらも、空太はこれ以上話がおかしくならないうちに、冷静になって声をかけた。

「よし、じゃあ、もう絵は描かないって約束できるな」

「もう描きますん」

「変なテクニック覚えんな！」

残念ながら、ましろにかかれば、空太の冷静など二秒しかもたなかった。

「美咲《みさき》から教わったの」

「余計な知識は学ばんでいい！　まともな勉強をしろ！　そして、教科書を出せ！」

「ないわ」

「なんで!?　持ってくるように言っただろ？」

「全部、学校だもの」

「追試があるとわかってて、よく全部置いてきやがったな。勉強はどうするつもりだったんだよ」

「空太がいるもの」

「俺はどんだけ万能なんだよ！　未来から来た猫型《ねこがた》ロボット並みに高性能だな、俺！」

「自意識過剰《じいしきかじよう》よ。言い過ぎね」

「そこは食いつくのかよ！　もういい、てか、よくねえ！　椎名《しいな》が追試で合格点取らないと、俺《おれ》の夏休みがなくなるんだよ」

　果たしてこの状態から、何日あれば、何度挑戦すれば追試を突破《とっぱ》できるのか。どう考えても、追試突破より、夏休みが終わる方が早い。

「……もういいや。がんばれ俺。負けるな俺。俺が俺を応援してるぞ！　はい、んじゃ、数学からやろうか」

「がんばって」

「お前が、がんばれ！」

「今日の空太《そらた》は怒ってばかりね」

「はい、そうですね。カルシウムが足りないんだよ、きっと。んじゃ、最初の問題……因数分《いんすうぶん》解《かい》って、知ってるか？」

「江戸時代の発明家で、画家でもあった人よ」

「それ、平賀《ひらが》源内《げんない》だろ。語呂《ごろ》も全然近くねーよ！　ボケるならもっとレベルの高いボケを用意しろ！」

「わかった。次はがんばる」

「そこはがんばらなくていい！　というか、椎名さ」

「なに？」

「逆に、なんならわかるんだ？　関数は知ってるか？　方程式は？」

「……」

「さすがに九九はわかるよな？」

「バカにしてるのね」

「疑いたくもなる俺の気持ちを察してくれ」

「英語で料理って意味よ」

「そりゃ、クックだ！　もう無理！　絶対に追試突破なんてあり得《え》ない！　お前の存在は奇跡《きせき》だよ！　ミラクルバカめ！」

「それほどでもないわ」

「得意げに言うな！」

「な～に、騒《さわ》いでんだよ」

顔を上げると、半開《はんびら》きにしてあった部屋のドアの隙間《すきま》から、仁《じん》が様子を見ていた。

「仁さん、助けて！」

悲痛な叫《さけ》びが届いたのか、仁は肩《かた》をすくめながら部屋に入ってきて、どっかりとベッドに腰《こし》を下ろした。高い位置からテーブルの上の問題を覗《のぞ》き込《こ》んでくる。

「順調に進んでいるようでなによりだよ」

「どこをどうしたら、そうなるんですか……」

「いや～、漫才《まんざい》のネタとしては結構いけてるんじゃないか？　年末に一千万目指してがんばってくれ」

さっさと勉強を放棄《ほうき》したましろが、クロッキー帳にネームを描《か》いていた。

完璧《かんぺき》に他人事《ひとごと》だと思ってる。そんな仁《じん》の態度にうんざりしながら空太《そらた》が正面に向き直ると、

「さっき約束したばっかだろうが！」

爆発《ばくはつ》した空太の怒りも、絵を描くましろには届かない。ましろは手を止めようともしなければ、目線すら向けてこない。

「ねえ、お前の頭はほんとどうなってんの？　理解不能すぎんだけど？」

「連載用のネーム、作ることになった」

手を動かしながらましろが答えた。

「編集さんに言われたのか？」

「うん。来月の連載会議にかけるのが目標」

「じゃあ、さっさと追試は突破《とっぱ》しないとな！」

鉛筆の動きが止まった瞬間《しゅんかん》を狙《ねら》い、空太はクロッキー帳をましろから奪《うば》った。仁が、やるね～などと冷やかしてくる。

「追試が終わるまで、漫画《まんが》は禁止です！」

「……わかったわ」

若干《じゃっかん》不満そうではあったけど、意外なことにましろはあっさりと納得してくれた。

これでようやく勉強を再開できる。そう思った矢先、

「こーはいくーん、あーそーぼー！」

という美咲《みさき》の声がして、ドアが勢いよく破壊《はかい》された。美咲は部屋の面々の顔を見回したあとで、体全体を傾けて疑問を表現する。

「あれれ、あたしをのけ者にしてなにしてるの？　どういうこと⁉　どういうことだ！　さっきあんなに抵抗していたくせに、楽しげに楽しんでいるの⁉」

「どうもこうもないですよ！　単に椎名《しいな》の勉強を見ているだけです。追試対策」

どかどかと美咲も部屋に入ってくる。

「そんなのいいから遊ぼうよ。夏休みだし！　初日だし！　夏休みだし！　初日だし！」

「俺《おれ》もそうしたいですよ。でも、このクリティカルバカのせいで……」

「それほどでもないわ」

「同じ返しをすんな！　なに？　気に入ったの？」

「それほどでもないわ」

「気に入ってんじゃねえか！」

「それほど……」

「もういいわ！」

永久ループになりそうだったので、空太《そらた》は慌《あわ》てて割って入って止《と》めた。

「は〜、なるほどね〜」

答案用紙の得点を確認していた仁《じん》が、苦々しい顔をする。空太の苦労をわかってくれたようだ。

「この様子じゃ、普通にやるのは無理だろ」

「だと思います。スペクタクルバカなんで」

「それほどでもないわ」

「それほどのもんだよ！」

「じゃあ、全部覚えちゃえば？」

ひとりでさっさとゲームをはじめた美咲《みさき》が、画面を見ながらそんなことを言う。

「あ、それでいいじゃん」

続けて同意したのは仁だ。

「はい？」

「音楽科と美術科の追試って、本試験と内容同じなんだよ。こーはいくんってば、そんなことも知らないの？　遅れてる〜！　る〜る〜る〜！」

「え？　そうなの？」

普通科はちょっと難易度《なんいど》を下げた別問題が出ると、空太は聞いたことがある。

「いわば進学目的の普通科と違って、芸術の連中は求められてるもんが違うからな」

「けど、なんで、美咲先輩《せんぱい》がそんなこと知ってんすか？」

美咲は一度だって追試を受けた経験などないはずだ。

「はうはうが言ってたも～ん」

「チャウチャウの親戚《しんせき》ですか⁉」

「お～し！　今日こそ、憎いラスボスを憎々しげに、肉にしてやるんだから！　肉を洗って待っているがいい！　ふはははははっ！」

「無視ですか、そうですか」

「あれだよ。美咲のアニメで音やってくれてる子」

「俺、面識ないんですよ」

「そうだっけ？　そういや空太、ダビングんときは顔出さなかったか」

「いや、まあ、いいんですけど、それよか、追試……覚えるって言っても、さすがに……」

問答無用《もんどうむよう》で模範解答《もはんかいとう》を丸暗記させるだけで、本当によいものなのか。そもそも、まったく理解していないものを覚えるというのもなかなか難しいことのような気がする。

そんな風に、空太が悩んでいると、ましろがあまりに意外なことを言い出した。

「覚えたわ」

「は？」

「この模範解答を覚えればいいんでしょ？」

「そうだけど」

空太《そらた》と仁《じん》が視線で疑問を投げかけるが、もちろん、ましろが気を利《き》かせて説明してくれるなんてことはない。

「覚えたっていうなら、ちょっとテストしてみようか」

仁に言われるまま、空太は模範解答《もはんかいとう》の用紙を取り上げ、何も書いてない0点の解答用紙と問題だけをテーブルに残した。

「書いていいぞ」

ましろはひとつ頷《うなず》くと、絵を描《か》くときの滑《なめ》らかさでペンを動かしていく。さらさらと文字は綴《つづ》られ、答えがひとつ書かれるたびに、空太は模範解答と見比べた。

最初のひとつは正解。次も、その次も正解。わずか五分足らずで数学の全問をましろは解《と》いてみせた。いや、本当は一問も解いていない。

「お前、これ、どういうことだ？」

「なにが？」

「前から覚えてたとか？」

「違うわ」

「いや、でも、今見て、すぐに全部なんて……ありえないだろ」

数学は途中式もあるのだ。結構な分量がある。それを少し見ただけで、覚えてしまうなんてことがあるんだろうか。

「これは驚《おどろ》いたな」

仁も信じられないといった様子だ。

「空太もできるでしょ？」

「できるか！　俺《おれ》はそんな便利なアビリティは持ってねー」

「こーはいくんの特性は、猫を拾うだもんね～」

ゲームをしながら美咲《みさき》が割り込《こ》んできた。

「けど、本当にすごいな。どうやってるんだ？」

「一度見れば、覚えるものよ。絵だと思えば」

空太の疑問にも、ましろは平然としている。本当にましろにとっては、当たり前のことのようだ。

「ま、結果が出るならなんでもいいんじゃねえの？　これで、ましろちゃんの追試対策は万全だ」

「……詐欺《さぎ》くさいんですけど」

「ま、空太が勉強漬《づ》けの夏休みをエンジョイしたいって言うなら止めないけどな」

「もう、詐欺でもなんでもいいです」

「ね～ね～。終わったんなら、これしようよ！」

美咲《みさき》が目の前に掲げたのは、四人対戦が熱い乱闘型《らんとうがた》のぶっ飛ばしアクションゲームだ。

「はい、ましろんもコントローラーを持って握《にぎ》って押して！」

手渡されるままに、ましろがコントローラーを持たされる。なんだかアンバランスな組み合わせだ。コントローラーの握り方もぎこちない。手に載《の》せているという具合だ。

「お前、ゲームしたことある？」

「ないわ」

「だと思った。コントローラーはこうだ」

空太《そらた》が持ち方を実践して見せる。

「人差し指は上のボタンにかけて……おう、そうそう」

とりあえず、形にはなったけど、それでも違和感《いわかん》があるのはなぜだろうか。

「次はスティックでカーソル動かして、キャラを選ぶんだ」

いちいち、自分の手元を見て、画面を見てを繰り返しながら、ましろがカーソルを操作する。

「あたしはゴリラ！　ゴリラの力を信じてる！　ゴリラこそ正義！　ゴリラこそパワーだ！」

「とりあえず、ゴリラ信者は置いておいて、椎名《しいな》はどれがいい？」

「キツネさんがいいわ」

「んじゃ、Aボタンで決定」

Aボタンを目で確認してから、ましろは慎重な手つきで押した。

空太は何も考えずに、亡国《ぼうこく》の王子様を選択。仁《じん》は先にハリネズミを選んでいた。

「じゃあ、ビリになった人は、来週の庭掃除《そうじ》当番ね！」

「ちょっと待った！　来週は先輩《せんぱい》でしょ！」

「はい、スタート！　で、いきなりどーん！　宇宙の彼方《かなた》まで飛んでいけ～！」

美咲のゴリラが、空太の王子様をメガトンパンチでぶっ飛ばす。大きく跳ね飛ばされた空太の操作《そうさ》キャラは画面から消え、矢印のアイコンだけが端《はし》っこに表示されている。体力なしのいきなりクライマックスモードだ。

「この程度でやられると思ったら大間違《おおまちが》いだ、こんにゃろう！」

二段ジャンプと移動系の必殺技を駆使して、空太は王子様を地面に着地させる。そこへ、今度は仁が操《あやつ》るハリネズミが猛《もう》スピードで転がってきて、空太の王子様に体当たりを見舞《みま》ってきた。おかげで、空太のキャラは再び画面外にぶっ飛ばされた。

「はい、ご苦労さん」

「うお～、死ぬ死ぬ！　な～んて、死んでたまるか！　俺《おれ》ばっか狙《ねら》って卑怯《ひきょう》ですよ！」

「これ、そういうゲームだろ？　俺の美学は狙われているやつを狙うだからさ」

空太はキャラを操作して、陸地の縁《ふち》にしがみ付いた。

「あぶな」

だが、ほっとしたのもつかの間、陸地に上がろうとジャンプしたところに、遠距離から飛んできたビームが直撃《ちょくげき》した。対岸にいたのは、ましろの操《あやつ》るキツネのキャラクターだ。哀れ、亡国の王子様は、なんの見せ場もなく、死ぬほど地味《じみ》に、画面下へと落ちていった。開始からわずか十秒足らずの出来事。

「のおおおおお!?」

「ナイス、ましろん!」

「まさに、完璧《かんぺき》なコンビネーションだったな」

「今のでいいの?」

美咲《みさき》とましろ、仁《じん》の三人がハイタッチをする。

「ちょっと待て! 罠《わな》か! これは罠だったのか! そんなに俺《おれ》に庭掃除させたいんですか!」

「どうするこーはいくん? もう一回やる?」

「当たり前だこんにゃろう! こんな数の暴力を俺は絶対に認めません!」

「空太《そらた》、下手なの?」

「言われてるぞ」

「うっさいわ! もう許さん! 初心者だからといって手加減《てかげん》はしない! 徹底的《てっていてき》にやってやる! 全員、冥王星《めいおうせい》の彼方までぶっ飛ばしてやるから覚悟しろ! 血で血を洗う大戦争の開幕《かいまく》だ!」

HIT!
4P
3P
2P
1P

「大げさだなあ、こーはいくんは」

「いつも、あんたが言ってることだよ！」

「次もこーはいくんが負けたら、ハシモトベーカリーの究極メロンパンおごりね」

赤レンガ通りの商店街に店を構えるパン屋の看板《かんばん》商品は、一日限定二十個しか作られない希少な品だ。ＴＶや雑誌に取り上げられたことで、最近では遠方《えんぽう》から電車を乗り継いで買いにくるファンも多く、朝から並ばないと買えないどころか、その存在を確認することも難しくなっている。地元民の空太《そらた》ですら、指折り数えるほどしか口にしたことはない。

「勝てばいいんでしょ？　そんくらい余裕《よゆう》ですよ……って、なに勝手にはじめてんの！」

「はい、どーん！」

操作《そうさ》が間に合わず、ゴリラのメガトンパンチを食らい、空太のキャラは開始一秒で星になった。

「どうやら、俺《おれ》を本気にさせてしまったようですね」

「下手《へた》なのね」

「うるさいわ！」

こうして、さくら荘《そう》の夏休みは、翌朝まで続くゲーム大会で幕《まく》を開けた。

2

「じゃあ、追試がんばれよ。試験中に寝《ね》るなよ？」

「眠《ねむ》いわ」

「寝たら終わりだぞ。起きていれば、椎名《しいな》の勝ちだ」

「努力はするわ」

「俺、自分の教室で時間潰《つぶ》しとくから、終わったらちゃんと来るんだぞ。勝手に帰って迷子になるなよ」

「迷子になったことないわ」

「どの口がそんな大嘘《おおうそ》をつくのやら……てか、もういいから試験行って来い」

一夜明け、空太はましろに追試を受けさせるため、朝から学校に来ていた。ひとりで行かせると、学校までたどり着けるかどうかすら怪《あや》しいためだ。

それに、出かける寸前までゲームをしていたせいで、殆《ほとん》ど眠っておらず、目を離すとその辺で爆睡《ばくすい》してしまう恐れもあった。

「俺、行くから」

「うん……ねえ、空太」

「ん？」

「どうして、名前、呼んでくれないの？」

「ばっ、今言うか、それ」

あれは漫画家《まんがか》デビューが決まった日のことだった。目の前の少女は『椎名《しいな》』ではなく『ましろ』と呼べと、いきなり言い出したのだ。理由はさっぱりわからない。

昨日はずっと『椎名』と呼んでいて、何も言ってこなかったから、その問題は解決したと思い込んでいた。

「空太《そらた》？」

「それは、その……なんか、知らない人が聞いたら、特別な関係に思われるっていうか、そういう誤解《ごかい》が生じたりしたら困るだろ？」

本質から外れた中身の薄《うす》い言い訳をしている。本当は他人の目なんか関係なくて、空太自身が、名前を呼ぶことに対して、特別な関係を求めてしまっていることが原因だ。『ましろ』と呼ぶには理由がないというか、まだそういう関係じゃないというか、とにかく、そういう妙《みょう》な意識がストップをかけていた。もちろん、単に気恥《きは》ずかしいという理由もある。

「今は、誰《だれ》もいないわ」

ましろの心は真《ま》っ直《す》ぐで、空太の嘘《うそ》を疑うこともなければ、詮索《せんさく》もしてこない。言われたままに信じて、見たままに思ったままに言葉を返してくる。

澄《す》んだ瞳《ひとみ》に見つめられると、空太は何も考えられなくなった。

「ふたりのときは呼んで」

結局、言い訳をした空太が墓穴《ぼけつ》を掘《ほ》ったことになってしまうのだ。

「お、お前、よ、よくもそんな余計にややこしくて照れくさい状況にしてくれるな」

「……」

わからないと言うように、少しだけましろが首を傾《かたむ》ける。それは、空太が好きな仕草《しぐさ》のひとつだった。まともな思考ができないほどに、空太はあっさりと追い詰められてしまった。

「わ、わかった。そうするから」

早くこの場を離れたくて、最悪の約束を口にしていた。後悔《こうかい》したところでもう遅《おそ》い。

ましろの目が、何かを待っている。

この状況だ。わざわざ言われなくてもわかる。

「じゃあ、がんばれよ……ましろ」

じっと見ていないと気づかないくらいに小さく、ましろの唇《くちびる》が笑った。それはすぐに、いつもの無表情の中に消えてしまい、ましろ自身も美術科の教室に姿を消した。

ましろと別れた空太は、虚《うつ》ろな足取りで自分の教室に向かった。美術科と同じフロアにはあるが、空太のクラスとは長い廊下の端《はし》と端で離れている。自分を取り戻すために、空太は一歩ずつ確かめるように廊下を進んだ。

夏の湿った風が吹《ふ》き抜《ぬ》けていく。それに混ざって、部活に精《せい》を出す生徒たちの掛け声が聞こえてきた。金属バットがボールを捉《とら》える気持ちのいい音がするのと同時に、空太《そらた》は自分の教室に到着した。

普段から使っている席に荷物を置くと、真《ま》っ先《さき》に全部の窓を全開にする。

そのとき、中庭を挟《はさ》んで真向かいにある職員室に、よく知る人影《ひとかげ》を見つけた。今月になって実家から嫁《よめ》さんが戻ってきたと噂《うわさ》される高津《たかつ》先生と話しているのは、今朝《けさ》までゲームをしていた仁《じん》だった。今日、学校に用事があるなら、一緒に出かければよかったものを。一体何を話しているのか。高津先生ときて、嫁の話以外で思い当たるのは、進路指導の責任者だってことくらいだが、仁の進路はすでに決まっている。

そんな風に、少し疑問に思っていると、空太の視線に気づいた仁と目が合った。けど、それは一瞬《いっしゅん》の出来事で、仁はばつが悪そうにすぐさま目を逸《そ》らした。

まあ、理由ならあとで聞けばいいかと考え、空太は自分の席に座った。

鞄《かばん》から出した下敷《したじ》きで顔を扇《あお》ぐ。続けて取り出したのは使い込《こ》まれた一冊の本。プログラム初心者用の教本だ。さくら荘《そう》102号室の住人であり、ゲームプログラマーをしている赤坂《あかさか》龍之介《りゅうのすけ》に借りたものでもある。

この夏、実家に帰るのを諦《あきら》めた空太は、有り余る時間をプログラムの勉強と、ゲーム企画書の作成に当てようと決めていた。できた企画書は、ハードメーカー主催の企画オーディション『ゲーム作ろうぜ』にエントリーするのが目標だ。

余力があるようなら、デバッグのバイトもはじめようと思っている。

下敷きで風を送りながら、空いている方の手で教本のページをめくる。相変わらず、何が書いてあるのかいまいちよくわからない。わからないけど、とりあえずは読んでみる。何度か読み返していると、少しだけわかったような気もした。いや、気のせいかもしれない。気のせいのような気がしてきた。やっぱり、よくわからない。

「う〜ん……」

なんだか、感覚的に物理の勉強をしているのに似ている気がする。理解するまでに時間が必要で、一度理解すると色々と応用が利《き》く。その代わり、わからないとずっともやもやが付きまとって、公式を使うことで問題は解けても少しもすっきりしない。そんな感じ。

「これは、実際にさわってみないとわかんないな〜」

とりあえず、一章だけを読み終えて本を閉じた。簡単な計算式をコンピューターにさせるためのプログラムまで勉強できた。けど、やはり、この延長線上に、昨日も散々《さんざん》遊んだゲームがあるとはまだ思えない。絵とか音はいつになったら登場するんだろう。

時計代わりでもあるケータイを見ると、二時間ほど経過していた。だいぶ、集中して読み込んでいたらしい。

とは言え、ましろの追試が終わるまでは、まだまだ時間がある。

ヒマを持て余した空太は、龍之介にメールを送ることにした。プログラムの勉強に関して、いくつか聞きたいことがあった。

——今、なにしてる？

するとすぐに返信があった。龍之介《りゅうのすけ》にメールを送るといつもそうだ。

——ただいま龍之介様は『プログラマーは毎日八時間は寝《ね》るべきだ』という独自理論に基《もと》づき、それはもう夢心地の気分でお休みになられております。そのため、せっかくの空太《そらた》様からのメールですが、龍之介様にお取り次《つ》ぎすることはできません。申し訳ありませんが、ご理解いただきますよう、よろしくお願い致します。できることなら龍之介様に添《そ》い寝して差し上げたいメイドちゃんより

今日も龍之介が開発した自動メール返信プログラムのＡＩことメイドちゃんは絶好調のようだ。

しかし、寝ているのでは質問のしようもない。こうなるとヒマだ。

退屈《たいくつ》しのぎに、メイドちゃんにメールを送ることにした。

——メイドちゃんの初恋はいつ？

すぐさま返信があって、ケータイが振動《しんどう》する。

——三年前の春でございます。そのご尊顔《そんがん》を一目《ひとめ》見たときに、びびっときたのです。この方にお仕えするために生まれてきたのだと。はあ〜、あのときの衝撃《しょうげき》はいまでも忘れません。嗚《あ》呼《あ》、龍之介様……。龍之介様命のメイドちゃんより

どうやら、生みの親である龍之介にぞっこんらしい。
それにしてもよくできている。このシステムを使って、恋愛ＳＬＧを作れば、バカ売れするんじゃないだろうか。今度、龍之介に相談してみようか。たぶん、興味ないと言われるんだろうけど。

——告白はしないの？

——わたくしは龍之介様に仕える身にございます。本来なら、従者ごときが、主《あるじ》に恋心など抱《いだ》いていいはずがありません。ですから、せめて、お側においていただけていることを幸せに思って、この想いは胸の奥深くに仕舞《しま》っておくのです。恋する乙女なメイドちゃんより

電子のメイドは空太の予想の斜《なな》め上を行く、切ない恋愛をしているようだ。ヒマ潰しのつもりが、段々と内容が重苦しくなってきたので、冗談でも言ってなごませようと思い、空太は大《だい》胆《たん》な質問を投げた。

——今日のパンツの色は？

果たして、どのような返事が来るのだろうか。

——グレーのボクサーパンツだ。神田《かんだ》、男の僕に下着の色を質問して何が愉《ゆ》快《かい》なんだ？

——お前に聞いたんじゃやねえ！

——やれやれ、真夏の気温にあてられ、脳《のう》が融解《ゆうかい》したか

——してないよ。メイドちゃんに聞いたんだ！

——企業秘密だ。神田《かんだ》、バカをバカバカやっているとバカみたいなバカになるぞ

散々な言われようだ。

弁解のメールを打ち込む。送信ボタンに指をかけたところでケータイが振動した。電話がかかってきたのだ。

ディスプレイには実家の番号が表示されている。

そう言えば、帰れなくなったことをまだ伝えていなかった。たぶん、その件で連絡してきたんだろう。さっさとメールを送って、空太《そらた》は電話に出た。

「はい」

「はい、じゃないよ、お兄《にい》ちゃん！」

「なんだ、優子《ゆうこ》か」

「なんだ、じゃないよ、お兄ちゃん！」

「俺《おれ》はどうすればいいんだ、妹よ」

「今日、帰ってくるんじゃないの!? どうして、連絡してこないの！」

「優子は俺のお母《かあ》さんか」

「妹だよ～！」

「知ってるよ。あ、それとな、帰れなくなったから、母さんと親父にも言っといてくれ」

「どうして!? ダメだよ！ 断固として帰ってきてくれないと！ 優子の夏休みの予定が全部

おかしくなっちゃうよ！」

「いや、ちょっと、非常に説明しにくい事情があるんだよ。ごめんな、優子」

さすがに、ましろの面倒を見なければならないからとは言いにくい。

「女の子だ」

意外と鋭《するど》い。女の勘《かん》というやつだろうか。

「違うぞ」

「声が裏返ってるもん、お兄ちゃん」

「裏返ってなんかいないぞ」

「優子にはわかるんだから」

「けど、本当に違うぞ」

「彼女ができたんでしょ！　それで、色々……そ、その、エ、エッチなこととかしたいから帰ってこられないんだ！　そーだ！　絶対にそーだ！　お兄ちゃんのエッチ！」

「違うわ！　どんな想像力……いや、妄想力をしてるんだ。お兄ちゃんは、優子の将来が心配だぞ。いつのまに、そんなことを覚えたんだか」

「だったら、帰ってくればいいのに……」

しんみりした声で言われて、思わず、言葉に詰まる。

「実はさ。猫《ねこ》を拾ったんだよ」

「猫《ねこ》？」

「うん。それで、面倒《めんどう》見ないといけないから」

「一緒に連れてくればいいよ！　優子《ゆうこ》も猫をふかふかしたい！」

「すまん。七匹《ひき》もいるんだ」

「お兄《にい》ちゃんの嘘《うそ》つき」

「嘘じゃない！」

「七匹も拾うなんておかしいもん！　そんなの呪《のろ》われてる人だけだよ！　一生分の捨て猫を、どうして数ヵ月で拾うの？」

「俺《おれ》もそう思うけど、ほんとなんだから信じてくれ」

「しょーこ」

「はい？」

「猫の写メ送って」

「お前、ケータイ買ってもらったのか？」

「もらえてない……お父さんが猛反対《もうはんたい》なんだもん。危ないとか、危険だとか、物騒《ぶっそう》だとか、何があるかわからないとか、悪への登竜門《とうりゅうもん》だとか言って……お兄ちゃんからも言ってよぉ。ケータイあれば、毎日、お兄ちゃんにメールするのに」

「優子は大事にされてるなあ。俺と違って」

「も～、話を逸《そ》らさないで！　しょーこ！」

「んじゃ、あとで母さんのケータイに送っておくから」

「今！」

「今、ケータイでしゃべってるだろ」

「じゃ、切るね」

優子はそう言うと空太の返事も待たずに本当に電話を切った。仕方がないので、母親のケータイアドレスに、猫の写真を貼《は》り付けたメールを送る。

七匹の猫が勢ぞろいした豪華なやつだ。

しばらく待つと、再び実家からの電話が鳴った。

「はい」

「お兄ちゃん、呪われてるんだ……」

「最初は一匹だったんだけど、なんか増えたんだよ」

「お兄ちゃんらしいと言えばらしいけど……」

そう言う優子の声音《こわね》には、まだまだ大量の不満が詰まっている。よほど、空太が帰らないことに納得がいかないらしい。

「それより、そっちはどうだ？　母さんは元気？」

「うん、元気だよ。お父さんも」

「いや、親父の近況は聞いてないし、知りたくもない」

「優子《ゆうこ》のことは聞かないの？」

「ん？　少しは成長したか？」

「や、やだ、お兄《にい》ちゃん、な、なに聞いてるの？」

「正月以来会ってないからな。ちょっとくらいは大きくなったんだろ？」

「い、いくらお兄ちゃんでも、そ、そういうのはダメだよ。そ、そりゃ〜、少しは……で、でもほんの少しだけだし……」

「何センチ？」

「え⁉　そ、そこまで細かく聞くの⁉　え、えっと……ご、ご……」

「なに⁉　五センチもか？　なんて成長率《せいちょうりつ》だよ！」

「五ミリだけ……」

「な〜んだ、そんだけかよ」

「そ、そんなにがっかりしなくてもいいのに……お、お兄ちゃんのバカ！」

「小さいの気にしてるのか？」

「してるよ！　もう！　なに言わせるの！」

なんか、微妙に会話がすれ違っているような気がしてきた。

「女の子なんだから、少しくらい小さくても別に……」

そこで、はたと空太《そらた》は気づいた。

「言っておくが、俺が言っているのは、身長の話で……」

「お母《かあ》さ～ん、お兄ちゃんがエッチなことばっか言ってくるよ～！」

「ぎゃああああああ！　待て待て、優子！　待ってください！　お願い！　そんなこと母さんに言ったら、家族会議が開催されちゃうだろうが！」

だが、無情にもケータイの受話器は何も言わない。遠くで話し声がしたかと思うと、お皿の割れる音が響き渡った。

「あの～、優子さん？」

「お兄ちゃん、お父《とう》さんから伝言」

「な、なんだって……てか、親父もいるのかよ。会社はどうした」

「『娘はやらん！　お前はカンドウだ！』だって、カンドウってどういうこと？　お兄ちゃん泣くの？」

「……泣きたい気分になったよ。あはは……」

「ど、どうしたのお兄ちゃん？　なんか死んだ魚の目をした人みたいな声だよ」

そりゃ一体どんな声だというツッコミを口にする元気すら空太にはなかった。

「と、とにかく、俺は帰れないから。いろんな意味で帰れなくなったから、優子は母さんと親父と幸せに暮らしてくれ」

「う、うん……元気出してね。優子《ゆうこ》はいつだってお兄《にい》ちゃんの味方だよ」

「じゃあ、またな」

「うん、また電話するね」

通話を終え、机の上にケータイを置いた。もちろん、勘当《かんどう》なんて冗談だろう。そうだ。そうに決まっている。よく考えてみよう。あの親父だ。福岡への転勤《てんきん》が決まった際に、空太《そらた》がいようがいまいが、自分の寂しさに影響はないと言い切った男だ。そのくせ、優子のことは溺愛《できあい》している。

「あれ？　ほんとに終わってない？」

いや、考えるのはよそう。勘当なんてあるはずない。時代遅れもいいところだ。いかにもあの親父らしい……。やっぱり、終わってるな。

「は～」

脱力して机に突《つ》っ伏《ぷ》す。

一応、龍之介《りゅうのすけ》からの返信があったかもしれないのでメールを確認した。けど、何も届いていない。今からプログラムの質問を投げる気分でもなかったので、それはまたの機会にすることにした。

少しの間、空太は無心になって、自分の呼吸する音に耳を傾けていた。

風の音。部活の声。それに混ざって、誰《だれ》かの足音が近づいてくる。歩幅は狭くて、それでもはきはきとしている。

　足音は教室の前で途切れた。

「神田《かんだ》君？」

　顔を上げると、開けっ放《ぱな》しになっていた教室のドアの前に見知った人物が立っていた。

　クラスメイトの青山七海《あおやまななみ》だ。

「なにしてるの？」

　後ろでまとめた髪が疑問に揺れる。

「椎名の追試の付き添《そ》い」

「言っている意味がよくわかんないんだけど」

　確かにそうだと思いながらも、空太は補足説明をすることなく、

「青山こそ、なんでいんだ？」

　と逆に聞き返した。ましろのことは説明すると長くなる上、一般的な感性を持つ人間に話したところで、どうせ信じてもらえない。

「ちょっとね」

　曖昧《あいまい》な返事をしながら七海が教室の敷居《しきい》を跨《また》ぎ、空太からひとつ離れた席に座った。真《ま》っ直《す》ぐに黒板を見て、考え事をしているようだった。

「呼び出し食らったのかよ」

そうは言っても、七海《ななみ》は成績優秀で、生活態度もきちんとしている絵に描《か》いたような優等生だ。遅刻や欠席もなく、教師からの評判もいい。部活をやっていない七海が夏休みの学校にいる理由が、空太《そらた》には思い当たらなかった。

「困ってる」

相変わらず黒板を見たまま、七海は突然意外なことを言った。けど、見たところ普段の七海とまったく同じで、困っているどころか、横顔からは強い意思と自信すら感じた。

その七海が、横目で理由と内容を聞いてほしそうに、空太に意思を投げかけてきた。気づいてしまった以上は、放っておけないのが空太だ。

空太は操られるままに、

「えっと、俺《おれ》でよければ話聞くぞ？　力になれる可能性は限りなく低いと思うが」

と口にしていた。

「大丈夫、期待してないから」

「うわ、ひでぇ」

空太をいいように転がして満足したのか、七海が悪戯《いたずら》っぽい笑《え》みを向けてきた。何か言い返そうとした空太だったが、気の利《き》いたカウンターの言葉より、七海に言いくるめられる未来ばかりが頭に思い浮かび、結局、口を噤《つぐ》んだ。

さらに気をよくした七海が意地悪く微笑《ほほえ》む。それから、少し間を置いて話を戻《もど》した。

「実はね」

その途端《とたん》、何かがぐうと鳴った。

「……」

「…………」

七海が視線を泳がせる。空太は気づいていないふりをした。

「実はね、今日は先生に呼ばれて」

ぐう。

「……ごほん。あれ、おかしいな。喉《のど》の調子が悪いのかも」

「将来の商売道具なんだから、大切にしろよ」

七海は声優志望で、今はそのために養成所にも通っている。

「そ、そうね」

直後、再び腹の虫が鳴いた。

「おい」

さすがに流すのもそろそろ限界だ。

「違うのよ！」

ぐう。

「あ〜、もう、なんなの！」

「こっちの台詞《せりふ》だ！　気ぃ遣《つか》ってやってるのに、何度も何度も鳴らすな！」

「鳴らしたくて鳴らしてるわけじゃないもの！　どうせなら、最後までスルーしてくれてもいいじゃない！」

「逆切れすんな！」

「もう、いや！」

七海《ななみ》がそっぽを向いてしまう。

耳まで真《ま》っ赤《か》にして、なにやらぶつぶつ言っている。自業自得《じごうじとく》のはずなのに、その全部が空《そら》太《た》に対する悪口だ。

空太は鞄《かばん》の中からましろ用のバームクーヘンを出すと、それを七海に差し出した。

「いい。今、その……ダイエット中なの」

「やせるほど太ってないだろ」

「見たことないくせに」

七海は自分の胴回《どうまわ》りを両手で押さえながら口を尖《とが》らせる。それでも、空腹は耐え難《がた》いものらしく、恨《うら》めしそうにバームクーヘンを見ていた。

「いいから、食べろって」

「いくら？」

「そんなのいいって」

「神田《かんだ》君も寮生《りょうせい》なんだから、もらうわけにはいかないわ」

この七海の謙虚《けんきょ》で真面目《まじめ》なところを、少しはさくら荘《そう》の住人にも分けてもらいたい。

「んじゃ、百円プラス消費税」

七海は鞄から小銭《こぜに》入れを出して机の上で逆さまにした。出てきたのは、コインが三枚。十円玉が二枚に、一円玉が一枚。計二十一円なり。

「それはなんのコントだ」

「手持ちがこれしかないの。今月は、ついにケータイも使えなくなったし……」

「まじか……」

「そんな哀れんだ目で見ないでくれる？　週末にはバイト代が入るから平気よ」

「けど、今日と明日は、二十一円……頼《たの》むから、バームクーヘンを食べてください。心が痛くて、俺《おれ》が死にそうだ。お願い、食べて」

大げさに胸を押さえて、空太は苦しいふりをする。いや、実際、少しばかり胸が痛い。

「そこまで言うなら……でも、バイト代が出たら払うから。覚えておいてよね」

適当に返事をしながら、空太は七海にバームクーヘンを渡した。

包みを開けて七海がぱくりとかぶりつく。かと思うと、すぐに喉《のど》を詰まらせた。

「お前、落ち着いて食えって！」

背中をばんばんと叩《たた》いても、ちっとも埒《らち》があかない。空太は廊下に飛び出し、階段の脇にある自販機でパックの紅茶《こうちゃ》を買って戻《もど》った。ストローを挿して、七海《ななみ》に飲ませる。

「ふはっ……死ぬかと思った。ありがと……」

「殺人者にはなりたくないから気をつけてくれよ。『バームクーヘン殺人事件、年輪は見ていた』なんてごめんだぞ」

「私だって嫌《いや》よ」

真顔で睨《にら》まれた。

「でも、仕方ないでしょ。昨日の昼から丸一日、何も食べてないんだから」

「は？　金がなくても、一般寮《りょう》は飯《めし》出るだろ？　朝と夜は家賃《やちん》に含まれてんだし」

「だから、お金がないの」

「二十一円もあるだろ」

冷ややかな目で七海が抗議《こうぎ》してくる。

「今の一言には悪意を感じる」

「そ、それで？」

「寮の家賃を、少し滞納していて」

「少しって？」

「三ヵ月ほど……」

「それって少しなのか？　家賃滞納の尺度《しゃくど》がわからん」

「そのせいで、ご飯《はん》を止《と》められました」

「お～、ガスや水道みたいな言い方だな」

「今日はその呼び出し。今月も滞納が続くと、両親に相談するぞって最後通告」

「確か、青山《あおやま》の親って」

「うん。私が実家を出たことに反対してる。主に声優のことでね。生活費は自分で稼《かせ》ぐ。周囲に迷惑《めいわく》をかけない。実家にも頼《たよ》らないって条件でスイコー入学を許してもらったから、家賃滞納なんて連絡が行くとまずいの。間違いなく大阪に連れ戻される」

「なるほどね」

七海が「困ってる」の一言で片付けたわりに、事態は思った以上に深刻だ。

「養成所の後期レッスン料は支払ったから、夏休みにたくさんバイトすれば、そのあとは大丈夫なんだけど。掛け持ちするバイトも決めたし」

「でも、その夏休み中の家賃が払えないと」

「うん。それでどうしようか悩んでるの」

ふうと七海が大きく息を吐いた。それでも、背筋を伸ばして椅子《いす》に座る七海は、やはり、あまり困っているようには見えない。

だからなんだろう。

空太《そらた》が冗談半分でこんなことを言えたのは。

「じゃあ、さくら荘《そう》にくれば？」

七海《ななみ》の肩《かた》がピクリと揺《ゆ》れた。それから、ゆっくりと顔を横に向けて空太《そらた》を見た。

「さくら荘？」

「ボロいけど、家賃《やちん》は格安だぞ。食費も別だから、自分で切り詰められる。猫《ねこ》の食費を加算しても、俺《おれ》、さくら荘にきてからの方が生活費安いし。部屋も女子なら空いてるから」

「ふ〜ん、そうなんだ」

七海が下の唇《くちびる》を指でなぞる。考え込んでいる様子だった。

「でも、さくら荘はダメ」

「まあ、青山《あおやま》のイメージには合わないと思う。学校中から妙《みょう》な目で見られるのは辛いしな……なんか先生の風当たりも強い気がするし……そりゃ、ダメだよな」

「そういうんじゃなくて」

空太の言葉が気に障《さわ》ったのか、七海の口調には不満が含まれていた。だが、空太にはその理由がわからない。わかったのは、理由を七海に尋ねたら、もっと不機嫌《ふきげん》になるということと、だからと言って聞かずにいたら、さらに恐い顔で睨《にら》まれるということだった。

「なら、なんなんだよ？」

「男子がいるし」

俯《うつむ》いた七海が上目《うわめ》遣《づか》いで空太を見てきた。

「確かに仁《じん》さんは危険人物かもしれない……」

あの外泊《がいはく》の帝王は、現在六人の恋人がいる。全部年上のお姉さまで、お泊《とま》りの日程が曜日で決まっているほどの最低人間だ。酷《ひど》いときは、丸々一週間帰ってこない。

「というか、神田《かんだ》君がいるし」

「青山……お前、俺のことをなんだと思ってる？」

「男、オス、狼《おおかみ》」

「オスでも、狼でもないわ！　別に青山がさくら荘にいても、俺は全然平気だからな。意識なんてしないし」

その言葉で、七海の空気が一変した。

「それ、私には魅力《みりょく》がないってこと？」

強い意思の塊《かたまり》だった瞳《ひとみ》が揺らいでいる。不安そうに逸《そ》らされた視線が床《ゆか》の上を滑って遠くへ逃げていった。それでも、七海の意識だけは、空太の方をずっと窺《うかが》っている。

「い、いや、別に、青山に女を感じないとかそういう意味ではなくて」

「じゃあ、どう思ってるの？」

しおらしい声を出す七海の不安と期待が、空太から冷静さを奪《うば》い、胸の中に動揺《どうよう》だけを置き去りにする。その処理に戸惑った空太は、バカみたいに口を開けたり閉じたりすることしかできなかった。

「どう思ってるの？」

七海《ななみ》の追い討ちに、空太《そらた》は裏返った声で、

「ある！　魅力《みりょく》あるから！　さっきのは、そ、その、意地というか、照れみたいなもんで、ほんとは青山《あおやま》がさくら荘《そう》にいたら、たぶん、俺《おれ》は毎日鼻血もので、出血多量でいつか死ぬ……とかするかもしれない！」

と一息にまくし立てた。

空太を真《ま》っ直《す》ぐに観察していた七海は、途中から体をくの字に折って、必死に笑いを堪《こら》えていた。

「あの～、青山さん？　もしかして、騙《だま》しました？」

体を起こした七海は、笑いすぎて目の端《はし》に溜《た》まった涙を指で拭《ぬぐ》っている。

「神田《かんだ》君って、ほんと単純」

「お前な……」

「気をつけた方がいいよ。女子はずるいんだから」

「特に……青山は演技上手いしな」

「ありがと、最高のほめ言葉ね、それ」

そう言った七海は、何かに気づいたように目線を上げた。空太の上、いや、後ろを見ている。

空太が振り向くと、教室の入り口にましろがいた。

ましろの目は真っ先《さき》に空太を捉《とら》え、ちらりと七海を見てから、再び空太に戻《もど》された。

「追試、終わったのか？　早かったな」

空太の前までやってきたましろが答案用紙を机《つくえ》に置く。

それを空太は一枚ずつ確認していく。五枚。今日の分はこれで全部だ。

百点を連発。パーフェクトの五連勝。

「ほめていいわよ」

「誰《だれ》がほめるか！　この詐欺師《さぎし》め！」

「照れなくてもいいのに」

「照れじゃないし！　全部、便利な特殊能力《とくしゅのうりょく》のおかげだろうが。真面目《まじめ》に勉強している全世界の人たちに謝れ」

「ごめんなさい」

「心を込めろ！」

「ごめんなさい？」

「なんで、疑問系になってんだよ！」

「あ、あの、神田君？」

自分の立ち位置を探《さぐ》るように、七海が声をかけてきた。

「あ、悪い。ボケの応酬につい体が反応した」

「た、大変だね」

ましろが空太《そらた》の袖《そで》を引っ張ってくる。

「ん？　ああ、俺《おれ》と同じクラスの青山七海《あおやまななみ》」

そう空太が七海を紹介すると、ましろが意外な反応をした。

「美咲《みさき》のアニメの声」

「おう。そうだけど、なんで知ってんだ？」

「前に美咲が話しているのを聞いたわ」

「それで、椎名《しいな》が名前を覚えるとは珍しい」

「綺麗《きれい》な名前だったから」

ましろに真顔でそんなことを言われた七海は、当然のように面食らって、

「あ、ありがと」

と、思い切り素の返事をしていた。

「こっちは、知ってると思うけど、椎名ましろ。俺と同じくさくら荘《そう》の住人だ」

「うん。知ってる。椎名さん有名人だもんね」

ましろはその整った容姿と、天才画家の肩書《かたが》きのおかげで、編入当初から学校中の注目を浴びている。恐らく、スイコーにましろのことを知らない生徒はいないだろう。

自分の名前が挙がっても、ましろはいつもの無表情で空太の隣《となり》に立っていた。

「空太」

そして、いつも通り、唐突《とうとつ》に名前を呼んでくる。

「よ、呼び捨て……？」

七海が小声で何か言っていたが、空太の耳には届かなかった。

続きの言葉をましろが口にする前に、空太は鞄《かばん》からバームクーヘンを出して渡した。

「それ一個しかないから、大事に食えよ」

白くて細い指が袋を摑《つか》む。

だが、ましろは食べようとはしないで、視線を空太に戻《もど》してきた。

「ハシモトベーカリーの究極メロンパンが食べたい」

「どうしてこう余計な知識ばっかりつけるんだ、お前は……」

「ないの？」

「贅沢《ぜいたく》を言わずに、それを食べなさい」

無言で頷《うなず》くと、ましろは袋を開けてかぶりつく。

動物にエサをやっているのと同じ気分だ。

七海も少し驚《おどろ》いた様子で、ましろを見ている。

その矢先、ましろは何の前触れもなく両目を閉じると、三秒と待たずに立ったまま眠《ねむ》ってしまった。

「寝《ね》るな！」

空太《そらた》が頭を軽く小突《こづ》く。目を覚ましたましろは、何事もなかったかのようにバームクーヘンの咀嚼《そしゃく》を再開した。けど、十秒ほどして、再びましろは船を漕《こ》ぎ出した。

「だから、寝るな！」

今度はおでこを指で突《つつ》く。起きると先ほど同様、バームクーヘンの続きを頬張《ほおば》った。

「椎名《しいな》さんって、なんていうか、個性的な人だったのね。そういう感じは前から少しあったけど……」

慎重に言葉を選びながら、七海《ななみ》が感想を口にする。

「これはまだ全然ましな方だぞ」

「そうなの？」

空太と七海が短いやり取りをしている隙《すき》に、三度、ましろは夢の世界に旅立った。

「いい加減にしろ！」

最後のつもりで、空太はましろの脳天《のうてん》にチョップをする。

「眠《ねむ》いのよ」

「場所と状況を考えろ」

「昨日は空太が寝かせてくれなかったから」

「え？」

「ええっ!?」

空太の疑問と七海の驚《おどろ》きが重なった。

すぐに七海は問い詰めるような目を空太に向けてきた。

「断じて違うからな」

「空太、下手《へた》なのに何度もするから」

「椎名はちょっと黙っててくれる？」

「神田《かんだ》君こそ、黙りなさい！」

なぜだか、空太が怒られた。

顔を真っ赤にした七海は絶対に勘違《かんちが》いをしている。

「朝までしたから体が辛いわ」

「かっ、神田君、あっ、あなたねっ！」

「違う！　ほんとに違う！　青山が想像している方向の話じゃない！　ゲームだ！　昨日《きのう》っていうか、今朝方《けさがた》までずっとゲームやってたんだよ！　ほんとです！　信じて！」

追及の言葉は収めても、七海の眼差しは不純物なしの疑惑百パーセントだ。

「本当なの？　椎名さん？」

肝心なタイミングで、ましろは寝落ちしていた。

「起きろ！　椎名！　じゃないと俺《おれ》が死ぬ！」

目を覚ましたましろは、居場所を取られた猫《ねこ》のような不機嫌《ふきげん》さで空太《そらた》を一瞥《いちべつ》する。

「俺《おれ》たちはゲームをしていた。そうだな、椎名《しいな》？」

「そうよ」

「だ、だとしても、一晩中《ひとばんじゅう》、一緒の部屋にいたんでしょ？　そういう状態が続くと、あれがそれして、そのうち、なんてことになりかねないんだからね！」

「その点は大丈夫だ。仁《じん》さんと美咲先輩《みさきせんぱい》もいたから四人だって！」

誤解を解こうとする空太を尻目《しりめ》に、立っているのが辛くなったのか、ましろが背中に寄りかかってきて、空太が座る椅子《いす》を半分占拠した。気持ちよさそうに寝息《ねいき》を立てている。

ましろの肌《はだ》のやわらかさとぬくもりが、触れた部分から空太の体に乗り移ってくる。とても自然にましろがそうしてきたのと、七海《ななみ》への弁解に集中していたせいで、空太は避けるタイミングを完全に逸してしまった。

七海からすれば、ましろだけではなく、空太の態度もごくごく自然なものに見えたことだろう。いや、七海の引きつった表情が、そうだと物語っている。

「な、なんだい、青山《あおやま》さん」

何を言われるか、だいたいの方向性はわかる。あとは、その中のどれがくるかが問題だ。

「ふたりは付き合っているの？」

一音一音やけにはっきりそう尋ねてきた。その手が、わずかに震《ふる》えていることに、余裕《よゆう》のない空太が気がつけるはずもない。

「ど、どうしてそうなる」

「なんか距離感《きょりかん》っていうか、そういうのが……今だって……」

空太は慌《あわ》ててましろを揺《ゆ》さ振《ぶ》って起こすと、椅子を譲《ゆず》って立ち上がった。それでも、体の半分にましろの体温がしっかり残っていて、胸の中を激しく掻《か》き乱してくる。

「違うって言うなら、どういう関係？」

「ただ、寮《りょう》が一緒ってだけだよ」

念のため、余計な発言はしないようにという合図を、空太はましろに目で送った。ましろが小さく頷《うなず》く。アイコンタクトは見事に成功した。

それに空太が安堵《あんど》した瞬間《しゅんかん》、

「空太はわたしの飼い主《ぬし》よ」

と、真顔でましろが七海にのたまった。

猛暑《もうしょ》のど真ん中にあった教室から、空太は一瞬にしてブリザードの吹《ふ》き荒れる南極大陸に飛ばされた。

空気が冷たく凍《こお》りついている。

七海は表情をなくし、無言で瞬《まばた》きを繰り返しては、わなわなと唇《くちびる》を上下させていた。

「椎名！　お前はどうしてピンポイントで言ってはいけないことばっか言うんだよ！」

「か、飼い主《ぬし》って……」

七海《ななみ》が肩《かた》をぷるぷると震《ふる》わせている。ぎゅっと握《にぎ》った拳《こぶし》はそれ以上に激しく揺《ゆ》れていた。顔をくわっと上げて、空太《そらた》を睨《にら》みつけてくる。

その刃物のような視線に貫かれて、空太は言い訳を喉《のど》に詰まらせた。

「か、神田《かんだ》君！　そんなんあかん！」

七海は立ち上がると、びしっと空太を指差して宣言《せんげん》した。

「お〜、関西弁」

「か、彼氏彼女ならわかるけど……か、飼い主って、な、なにしてくれてんの⁉　絶対あかん、そんなん高校生で絶対にあかんよ」

激しい動揺と照れで、七海は真っ赤になっている。一体、飼い主という言葉から何を想像しているのだろうか。とりあえず、七海の頭の中で、空太はましろにとんでもないことをしているのは間違いなさそうだ。

「言っておくが青山《あおやま》は誤解をしている！　大いなる誤解だ！」

「い、言い訳なんか聞きとーない！」

半分泣きそうな目で、それでも、七海は空太から視線を逸《そ》らさずに凄《すご》んでくる。

「いや、だから、ほんとに誤解なんだって！」

「口ではどーとでも言えんねん。し、信じられへんよ。だって、か、飼い主って……飼い主って……ほんまになにしてくれてんの！」

「あ～、もう！　どうすれば信じてくれんだよ！」

「えーこと思いついたわ、ウチ……」

七海の瞳《ひとみ》の奥に、見てはいけない光を見た気がした。

「な、なんでしょうか」

猛烈《もうれつ》に嫌《いや》な予感が足元から駆《か》け上がってくる。

「ほんまに……」

と言いかけてから、七海は目を閉じて深呼吸をした。それが落ち着くと、ゆっくりとまぶたを開き、一直線に空太を見据《みす》えながら、

「本当に誤解かどうか、私がさくら荘《そう》に引っ越《こ》して確かめる！」

と、力強く言い放った。

空太は表情を強張《こわば》らせ、ましろは気にした様子もなく眠《ねむ》りに落ちた。

確かに、さくら荘にきてはどうかと言い出したのは空太だ。けど、それは家賃《やちん》滞納という問題があるからであって、別に空太の生活態度を監視《かんし》してもらうためではない。

「早まっちゃダメだぞ、青山！　もっと自分を大切にするんだ」

はっきりした目的意識をもって、空太とましろの関係を確認されるのはまずい。どう考えても、普通じゃないのだ。

そんな複雑な空太《そらた》の胸中などお構いなく、いつものペースを取り戻した七海《ななみ》は、
「よろしくね、神田君《かんだ》」
と余裕《よゆう》の笑《え》みを浮かべるのだった。

この日の晩、緊急招集されたさくら荘《そう》会議の席で、青山《あおやま》七海の203号室への入居が、千尋《ちひろ》の口から報告された。家賃《やちん》滞納の件があったせいか、学校側は恐ろしいほどあっさりと承認をしたらしい。

引《こ》っ越しは、諸々《もろもろ》の準備期間を考慮《こうりょ》し、八月一日に決定。七海が抱《かか》える金銭的な問題から、引っ越しは業者には頼《たよ》らず、さくら荘の面々が手伝って行うことも、この日の会議で話し合われた。

七月二十二日。

さくら荘会議の議事録にはこう書かれている。

——普通科二年、青山七海さんの203号室への入居が決定。歓迎会《かんげいかい》は引っ越し当日の夜に開催予定。自ら修羅場《しゅらば》を招いた空太には同情の余地もなし。まあ、存分に楽しませてもらうことにしよう。それと、老婆心《ろうばしん》ながら忠告を。八月一日まで辛抱できない人物がいると思われるので、各位、何が起きても対応できるよう、心の準備をしておくことをオススメする。書記・三鷹仁《みたかじん》

──美咲先輩《みさきせんぱい》、絶対に余計なことしないでくださいよ！　追記・神田空太

──この世界にはね、余計なものなんてひとつもないんだよ！　追記・上井草《かみいぐさ》美咲

第二章
渦巻くよ、波乱

1

「ここに、ハシモトベーカリーの究極メロンパンがある」

二日目の追試が終わってさくら荘《そう》に帰るなり、空太《そらた》は着替《きが》えもあとに回して、ましろをダイニングに導いた。そして、毎日食事に使っている真ん丸のテーブルにつくと、パン屋の紙袋を隣《となり》に座ったましろの目の前に置いた。

空太は昨日同様、ましろの送り迎《むか》え要員として、朝から学校に行った。そして、ましろが試験を受けている間の空き時間を使い、商店街までひとっ走りして、行列に並んで人気のメロンパンをゲットしてきたのだ。

別に、ゲームで負けたペナルティというわけではない。とある事項を、ましろに約束させるためのエサとして、考えに考え抜いた末に用意した秘密兵器である。

ましろは興味深そうにメロンパンの入った紙袋を眺《なが》めていたかと思うと、音もなく手を伸ばしてきた。寸《すん》でのところで空太は究極メロンパンを引っ込める。ましろの手は空を切り、抗議の視線を向けてくるかと思いきや、目はなおもパン屋の紙袋に釘付《くぎづ》けだった。

「くれないの？」

「パンに話しかけるのはやめてくれるか？」

口元にわずかな不満を浮かべながら、ましろがようやく空太を見た。

「なるほど、エサでつろうって作戦か」

ダイニングの先客だった仁《じん》が、遅めの昼食に冷やしうどんをすすりながら、にやにやとふたりを眺めている。ポロシャツにグレーのチノパン。寮《りょう》の中でも、きちんとした格好をしているのはいつも通りだ。

見世物《みせもの》になりたくない空太としては、文句のひとつも言いたかったが、余計なことを言って話が逸《そ》れると困るので、仁の視線は無視すると決めた。

「このメロンパンをあげる代わりに、俺《おれ》とひとつ約束をしよう」

「約束するわ」

「まだ、なにも言ってねえよ！」

「……」

「いいか、約一週間後に、青山《あおやま》がさくら荘に引っ越《こ》してくる。お前の隣の部屋だ。これは、わかるな？」

うん、とましろが頷《うなず》く。

「そこでよく考えてみような。朝起こすのは俺、服を用意するのも俺、洗濯《せんたく》や食事の用意も俺……。挙句《あげく》の果てに、パンツを洗うのも、パンツをたたむのも、パンツを選ぶのも俺なんだぞ！」

「はくのはわたし」

「いらんボケを挟《はさ》むな！　どう考えても普通じゃないだろ？　この衝撃的《しょうげきてき》な事実を知ったら、真面目《まじめ》な青山《あおやま》は何を思うだろうか」

空太《そらた》は変態のレッテルを貼《は》られ、ゴミのような扱いを受けることだろう。やがて、噂《うわさ》は学校中に広まり、商店街に伝わり、近いうちに素顔で表を歩けない日がやってくる。想像しただけで、空太の心は折れそうだ。

なのに、ましろには空太の百分の一も危機感がない。

「究極メロンパンを食べたいと思う、と思う」

「それは椎名《しいな》が今思ってることだろうが！」

「違《ちが》うわ」

「ほう、どこが違うんだ？」

「とてもすごく食べたい、よ」

「……仁《じん》さん、俺《おれ》、どうすればいいですか？」

予想を上回るふざけた返答に、空太はあっけなく敗北を認めた。

「なんだよ、俺のことは無視する方向で進めてたんじゃないのか？」

ちゅるりと仁がうどんを吸い上げ、青ネギのついた箸《はし》を空太に向けてくる。

「心の中で、確かにそう思ってました。すいません。数秒前の俺はバカでした」

「ここは、発想の転換で、付き合ってることにしちまえば？」

「聞いた俺がバカでした……」

「最後まで聞けって」

うどんの皿を片付けに、仁がテーブルを離れていく。流し台に立つと、手際よく洗い物をしながら、続きを口にする。

「論理的に考えて、今日までできなかった洗濯《せんたく》とか掃除《そうじ》とか、着替《きが》えの準備なんてものが、一週間山ごもりしたところで、ましろちゃんにできるようになるとは思えないだろ？」

「そうなんですけど、そこに賭《か》けるしかないいんですよ！」

「無理なもんは無理ときっぱり諦《あきら》めろって。現実的に行くなら、俺の案を採用するしかないから。朝起こすのも、部屋に堂々と入るのも、服を着せたり脱《ぬ》がしたり、洗濯したりするのもさ、恋人同士って設定ならそんなにおかしくない。青山《あおやま》さんだって、だったら仕方ないかって納得するって」

言いながら、キッチンの方から仁が戻《もど》ってきて、再びテーブルについた。

「おお、確かにそうだ！　さすが仁さん、あったまいい！　……って、そんなわけあるか！」

「お、ノリツッコミとは珍しいな」

「仁さん、恋人がはくパンツを選んだことありますか？」

「俺はそこまで変態にはなれないな」

「変態って言うな！」

仁《じん》ですらそう思うなら、七海《ななみ》に知られたら完全にアウトだ。

「俺《おれ》、下着には興味ないし。大切なのは中身だろ」

「そんなことまで聞いてません！」

相談する相手を間違えたことを後悔《こうかい》しつつ、空太《そらた》はましろに向き直った。

「とにかくだ」

ましろはいつのまにか鞄《かばん》からノートを出して落書きをはじめていた。しかも、描《か》いているのはハシモトベーカリーの紙袋。食欲が指先に伝染したらしい。無駄《むだ》にリアルで、無駄に上手い。

「ほんと、頼むぞ、椎名《しいな》。青山《あおやま》はな、本来さくら荘《そう》に来るようなやつじゃないんだよ。今まで通りの生活をしてたら、休み明けにはまじで学校いけなくなるぞ？」

「それはたいへんね」

「大変そうに言え！」

「とてもたいへん」

「まったく伝わってこねえよ！」

もうほんとにだめだ。自分と同じ感覚を、ましろに求めてはいけないのだった。

「理解できなきゃしなくてもいいけど、洗濯《せんたく》と着る服の準備は、自分でやれるようになってくれ。後生《ごしょう》だから！　そのために、今日から特訓だぞ、いいな？」

「……」

「おい、わかったか？」

「究極食べればわかると思うわ」

「省略するなら、メロンパンを残せ！」

　元々そのために用意したものなので、空太は究極メロンパンをましろに差し出した。すると、ましろは早速《さっそく》袋を開けて中からメロンパンを取り出し、小さな口をもごもごと動かしながら食べはじめた。

「で、わかったか？」

「究極わかった」

「……はいはい」

　食べ終わるまで待とうと思い、空太は一度席を立って冷蔵庫に飲み物を取りに行った。空太とましろの分のウーロン茶をコップに注ぎ、再びテーブルに戻《もど》る。

　すると、空太の席の前に、丸裸《まるはだか》にされたメロンパンが置いてあった。きれいさっぱりクッキー生地の部分だけが食べられている。

「どんだけ贅沢《ぜいたく》な食い方してんだよ！」

「あげるわ」

「もったいないお化けに食われてしまえ！」

　そう言いながら、空太は丸裸のメロンパンを口一杯に頬張《ほおば》った。完全にただのパンになっている。まあ、それでも生地《きじ》はモチモチで十分に美味《おい》しいのだが……。

「空太《そらた》の言いたいことはわかったわ」

「ほう、どの辺がわかったか言ってみぃ」

「要するに」

「うむ」

「わたしと空太の秘密を守るために」

「意味深《いみしん》な言い方はしなくていいぞ」

「七海《ななみ》を」

「おう」

「ほふればいいのね」

「なにを聞いてた！」

仁《じん》が足をばたつかせて大爆笑している。

「俺《おれ》がいつ殺人計画の相談をしたんだよ！」

「今さっき」

「してないから！　してないからね！」

そこでましろが首を傾《かし》げる。

「おかしいのはお前だからな！　なに心外だ、みたいな顔してんの⁉」

「違《ちが》うの？」

「違うに決まってるだろ！　他人を排除する前に、お前は自分をどうにかしろ！」

「空太、なに言ってるの？」

「お前の方こそ、なに言ってんだ！　よくわかってもいないくせに他人をほふるのか！　これだから最近の若者はいかん！　もっと他人と分かり合おうぜ！」

空太のテンションに引っ張《ぱ》られることなく、ましろは自分のペースを崩さずに、ゆっくりした動作でコップからウーロン茶を飲んだ。メロンパンを食べ終わった今となっては、空太など完全に興味の対象外といった様子だった。

「付き合ってることにしちゃえって」

何度も仁に言われていると、それが名案のような気がしてくる。

一瞬《いっしゅん》、傾《かたむ》きかけた心を、空太は必死に立て直した。

「いいか、椎名《しいな》。今日から一週間は特訓だからな。プランAだ。もし、それがダメだったときは、仁さんのプランBも再検討する」

わかっているのかいないのか、ましろはただじっと空太を見ていた。

「ほふるのはプランCね」

「却下《きゃっか》に決まってんだろ！」

そこで、玄関のベルが鳴った。

仁《じん》に目で促《うなが》され、空太《そらた》が席を立つ。冷静さを取り戻《もど》したかったので、来客は丁度いいクッションとなった。

「はいはい、どちらさま」

と言いながら、玄関の扉《とびら》をガラガラと開けると、不機嫌《ふきげん》な顔をした青山七海《あおやまななみ》が立っていた。

「うおうっ！」

「どうして、そんなに驚《おどろ》くのよ」

今まさに、七海への対応策を練っていたからに決まっているが、当然、空太はなんでもないと言ってごまかした。動揺《どうよう》はもろに顔に出てしまっていたが……。

「青山こそ、どうした？」

「私の荷物、届いてない？」

「は？」

「寮《りょう》を移る手続きで、お昼前から学校に行ってたんだけど……」

それで七海は制服姿なのだろう。

「部屋に戻ったら、荷物が全部なくなってたのよ」

「はい？　誰かが消失トリックでもやったとか？」

「神田《かんだ》君はそんな悪戯《いたずら》をするんだ」

侮蔑《ぶべつ》の眼差《まなざ》しで見られてしまった。

「冗談です。ごめんなさい。とある人物の顔が思い浮かんだんだけど、俺《おれ》の防衛本能が受け入れを拒否したもんで、つい」

とある人物とは言うまでもなく、さくら荘《そう》に住み着いた宇宙人だ。

七海も同じ考えに行き着いたからこそ、ここにいるんだろう。

「あがってもいい？」

「もちろん」

七海を連れて、空太は真《ま》っ直《す》ぐ二階へと向かった。迷うことなく、一番奥の２０３号室の前まで移動する。

部屋のドアには、ななみんの部屋と書かれたプレートが下げられていた。こうなるともう、自分の予想を否定する方が難しい。

七海も諦《あきら》めたようにため息を吐いていた。

「……青山、大丈夫か？」

「平気よ」

淡々と七海が答えた。

「なんか、妙に冷静だから、それはそれで恐いんだけど」

「部屋から荷物がなくなった段階で、十分驚いちゃったから。それに、ここに来る途中で色々考えたけど、これ以外の可能性は思いつかなかったもの。単に心の準備ができてるだけよ」

「……そうか。で、どうする？」

促《うなが》すと、七海《ななみ》の目が空太に開けてほしいとドアノブを見ていた。

空太《そらた》は覚悟を決めて203号室のドアを開けた。

真っ先に視界に飛び込んできたのは大きな窓。空色のカーテンをはためかせ、外から夏の風が吹《ふ》き込んでくる。

間取《まど》りは空太の部屋と同じだが、家具も電化製品も最小限に留《とど》められているせいか、不思議と広く思えた。ベッドにクローゼット、机と椅子《いす》があるだけだ。

ガラスの小物が好きなのか、動物の置物が机の上に数体置かれている。よく見ると全部トラの形をしていた。

七海は無言で部屋の中に進むと、荷物をひとつずつ確かめ、それが一通り終わったところで、ドアロで待つ空太を振り向き、間違いないと頷《うなず》いた。

おじゃましますと形だけの挨拶《あいさつ》をした空太もベッドの脇《わき》まで移動する。ベッドには諸悪《しょあく》の根《こん》源《げん》である美咲《みさき》が、空太の飼っている七匹《ひき》の猫《ねこ》を従え、トラの抱き枕にしがみ付いて気持ちよさそうに眠《ねむ》っていた。

気配《けはい》に気づいた白猫のひかりが顔を上げた。空太と七海を見て、にゃあと鳴く。ベッドから飛び下りて、七海の足元にじゃれ付いた。きちんと、七海のことを覚えているようだ。

空太がひかりを拾ったとき、偶然、七海も一緒だった。さくら荘《そう》に島流しにされるまでは、よくふたりでエサをあげたりもしていた。

それが七海と話すようになったきっかけでもあった。

七海がひかりの頭を撫《な》でている。

「ほんと、大きくなったわね」

うれしそうに、ひかりがまた鳴いた。

その声に、美咲の耳がぴくりと反応し、ベッドを陣取《じんど》る猫の女王様は、

「うにゃ〜！」

と奇声を上げながら目を覚ました。あくびをしながら体を伸ばす。驚《おどろ》いた猫たちも一斉《いっせい》に身を起こした。ひかりを含む七匹の猫は、七海が放つ不穏な空気を察知したのか、飼い主である空太を置いて、そそくさと逃げ出していった。

許されるなら、空太も一緒に退室したい。

だが、この状況を放置するわけにもいかない。七海は体を小刻《こきざ》みに震《ふる》わせて、美咲を見据《みす》えている。

「着替《きが》えたら、バイトに出かけたいんで、出て行ってくれますか？」

意外にも、七海の第一声は落ち着いたものだった。

「だってさ、こーはいくん」

「上井草先輩《かみいぐさせんぱい》もです」

「え〜、いいじゃ〜ん。女の子同士なんだから仲良くしようよ〜」

「しません。だいたい、非常識にもほどがあります。勝手に人の荷物を引っ越《こ》しさせておいて、どうして平然としていられるんですか」

あくまで淡々と、七海《ななみ》が言葉の刃を浴びせていく。

「いいぞ、青山《あおやま》、もっと言ってやれ」

一番の被害者は間違《まちが》いなく七海だが、引っ越しの予定が早まったことは、空太《そらた》にとっても大きな痛手なのだ。おかげで、プランAを実行に移す時間がなくなってしまった。こうしている間にも、次の手を考えなければならない。

「人生には、適度なサプライズ的なサプリメントが必要なんだよ！　じゃないと体が渇いちゃうんだもん！　ノーサプライズ、ノーライフだよ！」

「ものには限度があります。とんでもないですよ、こんなこと」

「でしょでしょ？　とんでもなく面白いでしょ？　昨日ななみんが来るって聞いてから、一《いっ》生懸命《しょうけんめい》考えたんだよ！　サイのマークの引っ越しセンターを手配するのも一苦労《ひとくろう》だったよ〜。なんか人道的に協力はできないとか、わけのわからないことをたくさん言ってくるもんだから、これは人助けなんだよって説明するのに、電話で三時間もかかったんだから。でも、おかげで、ななみんがこんなに喜んでくれて、大成功だよ」

目を爛々《らんらん》と輝《かがや》かせた美咲《みさき》に、罪悪感などあるはずもない。

引っ越しの事実に、空太が気がつけなかったのは、朝からましろに付き添《そ》って、さくら荘《そう》を留守にしていたせいだ。せめて、自分がさくら荘にいれば、ましろの追試がなければ、と悔《く》やまずにはいられない。まあ、どちらにせよ、美咲の暴走を止められたとは思えないが……。

「こりゃ、早速《さっそく》プランBの出番かね」

振り向くと入り口から仁《じん》が顔を覗《のぞ》かせていた。空太を見て、口元に笑みを浮かべる。その仕《し》草《ぐさ》で、仁は引っ越しの事実を知っていたのだと空太は確信した。

仁の背後には、ましろの姿もあった。

「三鷹先輩……それに、椎名《しいな》さんも……」

七海は全員の顔を見渡すと、正面を向いてぺこりとお辞儀《じぎ》をした。

「普通科二年の青山七海です。本当は八月一日からでしたけど、今日からお世話になることになりそうです。よろしくお願いします」

「一日でも早くななみんと一緒になりたかったんだも～ん！」

と美咲が真っ先に応《こた》えた。

「ま、よろしく」

そう爽《さわ》やかに仁が言い、ましろはこくんと頷《うなず》いた。

空太は最後に、

「よろしく」

とだけなんとか口に出せた。

「それはそうと、プランBってなんですか？」

耳ざとい七海《ななみ》が仁《じん》に質問するので、空太《そらた》は余計なことは言わないようにと目で訴《うった》えかけた。

「詳しいことは空太に聞くといいよ」

最悪の返答を仁はしてくれる。

あえて場を引っ掻《か》き回して、楽しんでいるのだ。

横目で七海が威圧してくるのを、空太は気づいていないふりをしてスルーした。

「ふ～ん、いいけど……とにかく、早くバイトに行きたいんで、外に出てもらえますか？　それと二階は男子禁制ですよ」

ぴしゃりと七海が言い放つ。

「今までどうだったかは知りませんけど、私が来たからには守ってもらいますから」

七海の鋭《するど》い目つきに、仁が両手を上げて降参のポーズを取る。これでは、ましろの面倒《めんどう》を見るのは不可能に近い。さて、どうしたものか。

全員の注意が他に逸《そ》れた隙間《すきま》を狙《ねら》い、クローゼットを漁《あさ》っていた美咲《みさき》が、突如《とつじょ》、歓喜のファンファーレを口ずさんだ。白い布切れを天に掲げる。

「見て見て、こーはいくん！　ななみんってば、こんなエロいのはいてるんだよ！」

美咲が顔の前に突き出してきたのは、ひらひらのレースがついた白のパンツ。すけすけで向こう側が見えそうだ。いや、勝ち誇《ほこ》った美咲の顔が見えている。

「美咲先輩《せんぱい》、あんたは勇者か」

他人の部屋のタンスとか引き出しを平然と開けられる神経には呆《あき》れるばかりだ。

「え？　あれ……それ、どこかで……」

状況を理解できていない七海が目をぱちくりする。

「真面目《まじめ》できっちりしてそうな子ほど、見えないところは大胆《だいたん》だったりするんだよな」

冷静に仁が分析する。

「か、返してください！」

状況を把握した七海が、目にも留《と》まらぬ早業《はやわざ》で美咲からパンツを奪《うば》い返す。クローゼットの中に戻《もど》すと、真っ先に空太を睨《にら》みつけてきた。

「こ、これは、地元の友達が誕生日に冗談でくれただけで、自分で選んだわけじゃないし、そ、そのまだ使ってないから！」

「じゃあ、最初は俺《おれ》に見せてほしいなあ」

何気《なにげ》ない感じで仁がからかう。

一瞬《いっしゅん》にして、七海の顔は真っ赤に染まった。

「絶対に、はきません！　か、神田《かんだ》君もわかった？」

「俺は何も言ってないだろ……」

「そうそう。空太《そらた》はパンツくらい見慣れてるしな」

「え？」

「仁《じん》さん、余計なことを言わないでください！」

「ど～せ、すぐにばれるだろ」

ちらりと仁がましろを見る。それを見逃すような七海《ななみ》ではない。そして、その七海のわずかな表情の変化に、空太もまた気づいていた。とっさに心を身構える。

だが、七海よりも先に、美咲《みさき》が動いた。

「ね～ね～、こんなのもあるよ！」

色は同じく白。両サイドを結んで留めるヒモパンだ。

「あ、俺《おれ》、その方が好みかも。簡単に脱《ぬ》がせるから」

わざわざ仁が感想を述べた。

「美咲先輩《せんぱい》、海外RPGだったら撃《う》ち殺されますよ」

七海が気の毒で仕方ない。

「勝手に触らないでください！　そ、それも友達がくれたやつで、べ、別に自分で選んだわけじゃないんですからね！」

野生動物がエサを取るかのような俊敏《しゅんびん》さで、七海が下着を奪《うば》う。

「な、なんなんですか、さっきから！」

「はいはい。美咲先輩と仁さんは部屋を出て。このままだと青山《あおやま》が精神崩壊します」

やれやれと言いながら、先に仁が部屋を出た。無言のましろもあとに続く。

「神田《かんだ》君もよ！」

「え？　同類？」

「ケダモノのくせに……」

掠《かす》れた声を七海が奏《かな》でる。

「小声で言うのはやめて」

すると、七海が大きく息を吸い込む。

「ケダモノ！」

「はっきり言えって意味じゃねえ！」

「あ〜、もう〜、わけわかんない！　いいから、ひとりにしてください！」

戻《もど》ってきた仁に連れられて美咲も部屋を出た。

「神田君も早く出て！」

「青山」

「なによ？」

「後悔《こうかい》してないか？」

「してるわよ。でも、今さらそれを言ってもね。そもそも、家賃《やちん》を滞納したのは私だから。贅《ぜい》沢《たく》なんて言える立場じゃないわ」

七海《ななみ》らしいと言えば、七海らしい生真面目《きまじめ》さだ。

「それに、チャンスかもしれないし」

少し小声になった七海は、空太《そらた》をじっと見つめてくる。

「お、おう。なんだかわからないけどがんばれ」

「うん、神田《かんだ》君には言われたくないけど、相当努力しないと、確かにダメみたい」

うんざりした様子で、七海が肩を落とす。視線だけは力強く、先に部屋を出ていたましろを追っていた。

「青山《あおやま》、言っておきたいことがあんだけど」

「なに？」

「美咲先輩《みさきせんぱい》も悪気があったわけじゃなくて、ほんと青山のこと歓迎《かんげい》してんだよ。そこんとこだけは、わかってくれる？」

「神田君も、歓迎してくれてるの？」

「そりゃ、もちろん」

引っ越《こ》しはましろの秘密を隠蔽《いんぺい》する準備をしてからにしてほしかったが、普通の感性を持った仲間の入寮《にゅうりょう》は大歓迎だ。

「ずっと待ってた。待ち望んでいたと言ってもいい」

「私のこと？　そ、それ、どういう意味？」

「言わなくても、わかるだろ」

「言ってくれないとわからない……そういうことは……」

空太を見上げる七海の瞳《ひとみ》には、期待するような光が宿っていた。言葉をじっと待っている。

おかげで、空太も引っ込みがつかなくなった。意を決して想いを伝える。

「前から、青山のこと、いいなって思ってたんだ」

「ほ、ほんとに？」

「ああ。ぜひとも、ツッコミ要員として、さくら荘《そう》にほしいと思ってた」

顔を酷《ひど》く引きつらせて、七海は俯《うつむ》いたまま体をぷるぷると震《ふる》わせている。

それに、空太は気がつかない。

「今すぐ、隕石《いんせき》でも直撃《ちょくげき》して死ねばいいのに」

やけに低い声を七海は出した。

「え？」

「いいから、ほんと出て行け！」

七海の投げたトラの抱《だ》き枕《まくら》を顔面で受け止めてから、空太は慌《あわ》てて部屋を出た。

廊下には、ましろも、仁も、美咲もまだ残っていた。

「やれやれ、初日から嫌《きら》われたな。このあと、バイトだって言ってるし、歓迎会は別の日に設定すっか」

「え～、ななみんと仲良くしたいのに～」

「誰《だれ》のせいでこうなったと思ってるんですか！」

「全部、こーはいくんのせい！」

「俺《おれ》も美咲《みさき》に同意」

「わたしも」

ちゃっかりましろまで便乗してきた。

「椎名《しいな》もかよ！」

「神田《かんだ》君！　部屋の前で騒《さわ》がないでよ！」

七海《ななみ》の指摘《してき》が飛んでくると、仁と美咲が勝ち誇《ほこ》った顔をする。ましろには、かわいそうな目で見られた気がした。

「俺……なにかした？」

「その無自覚なとこが原因だと思うぞ」

残念ながら、空太《そらた》に仁《じん》の言葉の意味はわからなかった。

「空太、プランCがあるわ」

「却下《きゃっか》だ！」

2

さて、困った。

ましろのことを、七海にはどう説明したものか。

今朝目覚めてからずっと、空太はそのことを考えていた。風呂掃除《ふろそうじ》をしている今も、脳《のう》をフル回転させて思考中だ。

本来、今週はましろが風呂掃除の当番なのだが、やらせると何かしらのハザードを引き起こして、結果的に空太に面倒《めんどう》が降りかかるので、最近では空太が全部やるようにしている。

洗剤の泡をシャワーで流していく。

急な引っ越《こ》しが行われた昨日は、結局、あのあと七海がバイトに出かけ、帰ってきたのも十時をとっくに回っていたため、さくら荘《そう》の真の異常性を悟られずに済んだ。

けど、今日は、明日は気づかれるかもしれない。早急に対処する必要がある。

とは言え、空太に残された選択肢はプランBくらいしかない。

ましろと付き合ってると嘘《うそ》をついて、七海には目を瞑《つぶ》ってもらおうという、仁オススメの作戦だ。

彼女いない歴十六年の空太が、そんな嘘をついてもすぐにばれるのではないか。

だいたい、七海《ななみ》にはどう伝えればいい。

──俺《おれ》とましろ、付き合うことにしたから、邪魔《じゃま》しないでくれよ
おいおい、一体、お前は何様だ。これじゃ、別人だ。

──いや、実は、俺とましろ、付き合うことになったんです。あたたかく見守ってください
お世話になっている先輩《せんぱい》に挨拶《あいさつ》してるみたいだ。

──本日ご挨拶に伺ったのは、他でもありません。ましろさんとの交際を許していただきたく思いまして
両親に頭を下げそうな勢いだな、おい。

明らかに無理がある。そもそも、付き合ってるなどと嘘《うそ》をつけば、これから毎日、七海を欺《あざむ》くために、付き合ってる風を装わなければならなくなるんじゃないのか。そんなことになれば地獄《じごく》もいいところだ。

証拠にキスしろとか言われたら、それこそ一巻の終わりだ。リスクが大きすぎる。

浴槽《よくそう》の泡を流し終え、空太《そらた》はシャワーを止《と》めた。足元に擦《す》り寄ってきた三毛猫《みけねこ》のこだまを、顔の高さまで持ち上げる。

急に高い場所に連れてこられたこだまが不満そうに低い声で鳴いた。

「俺はどうすればいいと思う？」

「たぶん、その子は答えを知らないと思うよ」

声のした方を向くと、七海が哀れみを含んだ目で空太を見ていた。デニムのキュロットに、上は白のブラウスという、きちんとした服装に身を包んでいる。同じ女子でも、美咲《みさき》は寮内《りょうない》ではもっとラフな格好をしているし、ましろに至っては殆《ほとん》どがパジャマだ。

こだまを下ろしてやると、風呂場《ふろば》からさっさと出て行った。

「神田《かんだ》君、何してるの？」

「何をしているように見える」

「人生に迷いながら、お風呂の掃除《そうじ》とか？」

「正解！」

「冷蔵庫の当番表だと、今週は椎名《しいな》さんになってたけど？」

「あ～、これはだな」

「椎名さんは？」

言いよどんだ空太を追い越《こ》して、七海はてきぱきと話を進めていく。

「寝《ね》てると思う」

「そういうのよくないと思う」

七海は回れ右をすると、わき目も振らずに二階を目指す。

「あ、ちょっと、青山《あおやま》！」

空太も慌《あわ》てて追いかけた。

階段を上がってすぐの部屋が美咲《みさき》の201号室。ましろの202号室は真ん中だ。七海《ななみ》がドアをノックする。

「椎名《しいな》さん？」

「いいって、青山《あおやま》」

「ルールはきちんと守らないとダメよ」

そんな当たり前のことを言われると、ものすごく自分がダメ人間に思えてくる。

「いや、ほんと大丈夫だから！」

「ふ～ん、椎名さんを庇《かば》うんだ」

「違《ちが》う。庇ってない！　けど、とにかく、この部屋は見ない方がいい。それが青山のためだ。通常世界にいたいなら、俺《おれ》の忠告を聞くんだ」

「ほら、庇ってる」

「ほんと違うんだって。だいたい、外から声をかけたくらいじゃ、どうせ起きてこないぞ」

「じゃあ、どうしてるの？」

反射的に空太《そらた》はドアノブを見てしまった。その意味がわからない七海ではないが、戸惑いも隠《かく》せない様子だった。

「でも、鍵《かぎ》が……」

言いながら、ドアノブを七海が回す。開いたことに目を見開いた。

「男子もいるのに、鍵かけてないなんて信じられない……」

ドアを開けた先にはもっと信じられない光景がある。

急に異世界に連れて行かれた七海は、ぽっかりと口を開けたまま固まった。

ましろの部屋は例によって衣類や下着、本や漫画《まんが》、それにネームやら原稿やらが散らかり放題になっていて、毎度のことながら足の踏《ふ》み場もない状態だった。

「なによ、これ」

「それ、四月に俺も同じこと言った……」

恐《おそ》る恐《おそ》るといった足取りで、七海がベッドを目指す。だが、そこにましろの姿がないとわかると、空太を振り向いて疑問を投げかけてきた。

「机の下」

訝《いぶか》しげな顔をしながら、七海が机の下を覗《のぞ》き込む。

「嘘《うそ》……」

「知らなかったと思うが、椎名は異世界の住人なんだよ」

「だから、さくら荘《そう》なの？」

空太は力強く頷《うなず》いた。

「椎名さん、起きて」

しゃがみ込んだ七海がましろの肩《かた》を揺《ゆ》らす。

するともぞもぞとましろが起き上がった。

空太《そらた》は一応、目を逸《そ》らす心の準備だけはしておいたが、今日は大丈夫だった。上下ともパジャマを着ている。

「椎名《しいな》さん、おはよう」

「……」

寝《ね》ぼけた顔をしたましろが七海《ななみ》の体に手を伸ばして、突然、ぺたぺたと触りだした。

「ひゃっ、な、なに⁉」

「空太……やわらかくなった？」

「神田《かんだ》君はあっち！」

すると、七海が示した指の方向に歩き出し、空太の前までやってきた。今度は空太に手を伸ばしてきて、先ほど同様に、指先で存在を確認する。

「なにしてんの？」

「ほんとだ。こっちが空太ね」

「目で確認しろ！」

「眠《ねむ》い。目、開けたくない」

この様子だと、寝たのは明け方近くだったのかもしれない。

「またネームでもやってたのか？」

「デビュー原稿、入稿前、最後の修正」

片言で返答すると、ましろは再び机の下の巣穴に潜っていく。すぐに規則正しい寝息が聞こえてきた。

その一部始終を呆然《ぼうぜん》と眺《なが》めていた七海は、文字通り頭を抱《かか》えた。

「ごめん、少し状況を把握するための時間をもらってもいい？」

「一応、経験者からアドバイスをしておくけど、理解しようとすると泥沼《どろぬま》にはまるぞ」

常識人であればあるほどに、ましろの特殊攻撃は精神にガツンとくる。七海の場合、空太よりも耐性は低そうだ。

「……それもそうね。うん、やめとくわ。それより、椎名さん起きて！」

果敢な挑戦者である七海が、再びましろに挑《いど》もうとしている。やめておけばいいのものを。

だが、言って聞くような七海でもない。

再び机の下から、ましろが出てきた。

服も下着も、体に絡《から》みつかせた状態で、床《ゆか》に座って七海を見上げた。

「椎名さん、パジャマから着替《きが》えて。男子の前で無防備すぎるわ。それにこの部屋、散らかし放題で、片付けないとダメじゃないの。神田君もぼ～っとしてないで外に出て！　二階は男子禁制！」

てきぱきと七海が指示を出す。それに、空太もましろも反応が追いつかない。

「あ〜、もう、ほら、下着まで無造作に。人目につかないようにしないとダメよ」

「どうして？」

「どうしてって、誰《だれ》かに見られたら恥《は》ずかしいでしょ？」

「はいてなければ恥ずかしくないわ」

言いながら、ましろがパンツを一枚拾い上げた。

「布切れだもの」

「で、でも！」

ましろの価値観についていけずに七海《ななみ》が悲鳴をあげる。

「男子に見られたりしたら、そ、その色々変な想像とかされて、きっと、それがあれして、そうだから……」

もごもごと七海が口籠《くちご》もる。

「七海は恥ずかしいの？」

「恥ずかしいに決まってるでしょ！」

「どうして？」

「どうしてって、だから、それは……」

七海は耳まで真っ赤に茹《ゆ》で上がる。答えに詰まった七海は、急に矛先を空太《そらた》に向けた。

「神田《かんだ》君はなんでまだいるのよ！」

「その怒りは理不尽《りふじん》だと思うんだけど」

「空太はわたしと同意見よ」

「俺《おれ》を巻き込むな！」

七海がきつい目で詰問してくる。下手なことを言えば、返ってくるのは激しい罵倒《ばとう》の言葉だろう。

「俺は青山《あおやま》に賛成だぞ。片付けた方がいい。下着だけじゃなくて、全部だけど」

「嘘《うそ》つき」

ぼそっとましろが囁《ささや》く。

「いつも、わたしのパンツ、普通にもてあそんでる」

「もてあそんではいない！」

油の切れたロボットのような動作で、七海が再度振り向いた。その目は氷点下の世界に空太を誘《いざな》う。

「神田君、どういうこと？　詳しく説明してくれる？」

じりじりと七海が近づいてきて、空太の襟首《えりくび》を掴《つか》む。

「待て待て、ちょっとおかしいだろ？　今は椎名《しいな》についての話で俺は……」

「いいから答えなさい！」

「は、はい……」

七海《ななみ》の恐怖に怯《おび》えながら、空太《そらた》は約一時間かけて、じっくりとこの四月からの出来事を話して聞かせるのだった。

空太の説明が終わると、

「……にわかには信じられないけど」

と七海は疲れた感じで呟《つぶや》いた。

それから、机の下で熟睡《じゅくすい》するましろを、珍しい生き物を見るような目で見ていた。

随分な扱いだが、空太に責める権利はない。今までに何度同じような反応をしてきたことか。数えたらきりがない。

学校ではミステリアスな天才若手画家として有名である反面、誰《だれ》もましろの本性を知らない。誰もが雲の上の存在を見るように、遠くから眺《なが》めるだけで、親しげに話しかける同級生はひとりもいない。さくら荘《そう》に住んでいるという事実も、彼らを遠ざける大きな要因になっている。

何も知らなければ、見た目もかわいいし、才能もあって、何かといい噂《うわさ》ばかりが流れてくる。

美術の時間に作品を仕上げれば、その度に、展示された絵の前には人垣ができて、

「椎名《しいな》さんっていいよな？　才能もあって、儚《はかな》げで」

「守ってあげたくなる感じ？　わかるな～」

「男子ってどうしてこうバカなのかしら」

「でも、才能を鼻にかけてないところは、私もいいな～って思うよ」

「そうね。控え目っていうか、奥ゆかしいっていうか、いないよね、あんな子」

などという評価をもらっている。どういうわけか、ましろは何をやっても好意的な解釈をされるのだ。窓辺の席からぼ～っと外を眺めているだけで、儚げだとか、奥ゆかしいだとか言われるくらいだ。たぶん、流れる雲を見ながら、バームクーヘンが食べたいとか思っているだけなのに。

一学期の間、ましろへの間違《まちが》った認識を聞かされるたびに、空太は本性がばれた日のことを思い、絶望的な気分になったものだ。

幼少期からイギリスで絵画の英才教育を受けてきたましろは、その他のことに触れる機会が極端に少なくて、日常生活が危《あや》ぶまれるほどに一般常識が欠如《けつじょ》している。

いまだにさくら荘から学校までの道のりも覚えていなければ、まともにひとりで買い物もさせられない。食事は好き嫌《きら》いが多く、嫌いなものは絶対に口にしないし、嫌いなものがあれば、それを当たり前の顔をして他人の皿に載せてくる。炊事《すいじ》洗濯《せんたく》の一切ができず、それどころか自分では着替《きが》えはおろか、パンツも選べない始末だ。はくの担当。身の回りの世話は誰かがしてくれる。それが、ましろの常識なのだ。

勉強もさっぱりで、一学期の期末試験は全教科０点の快挙を成し遂《と》げた。

そうした過去の事実を、空太は洗いざらい七海に話して聞かせた。

「椎名はな、美咲先輩《みさきせんぱい》と双璧《そうへき》をなす、さくら荘の変人なんだよ」

その上、画家として成功を収めながらも、漫画家《まんがか》を目指し、見事にデビューまで勝ち取った。

日本にはそのために帰ってきたのだ。

七海《ななみ》は困惑した様子で、床に散らばった原稿を拾い集めていた。

「ほんとに、絵上手いんだ」

「言っとくけど、俺《おれ》、事実しか話してないぞ」

原稿から七海が目を離す。

「この惨状を見れば、確かに説得力はあるわね」

「だろ？」

「おかげで、ひとつ謎《なぞ》も解けたし」

「謎？」

「冷蔵庫の当番表」

「ああ、あれか……」

明らかにおかしな名称の札が確かに下がっている。

「『ましろ当番』は、椎名《しいな》さんの世話を焼くのが仕事なんだ」

「ほぼ、介護《かいご》だ。椎名はダメ人間のファンタジスタだからな」

「とにかく事情はわかったわ」

ほっと空太が息を吐《つ》く。これでプランBやプランCに移行せずに済みそうだ。そもそも、プランCは選択肢に入れてはいけないけど。

「でも、納得はできない」

「へ？」

「だってそうでしょ？　堂々と神田《かんだ》君が男子禁制の二階に来るのはよくないし、椎名さんは少しずつでも、自分のことは自分でやれるようになるべきよ。それまでは、誰かがフォローしてあげるとしても、洗濯《せんたく》とか部屋の掃除《そうじ》を男子には任せられない」

「そうは言っても、人手がないんだよ。女子は、ものぐさ教師と、宇宙人だぞ？」

「もうひとり忘れてる」

「おい、まさか」

「『ましろ当番』は今日から私が代わるから」

「悪いことは言わない！　やめとけ！　青山《あおやま》はバイトとか、養成所で忙しいだろ!?　その上、椎名の面倒《めんどう》見るなんて、正気の沙汰《さた》じゃないぞ？　青山の想像の三百倍は何もできないぞ、椎名は！」

びしっと、机の下のましろを指差す。

「きちんと計画的にやるから大丈夫よ」

「無茶だって！」

「同性の私がやるべきよ」

「冷静になれって！」

「それは神田君《かんだ》の方でしょ？　それともなに？　神田君が椎名《しいな》さんのお世話をしないといけない理由でもあるの？」

「い、いや……それはないけど……」

本当はある。あるけど、言葉では上手く表現できそうにない。胸の中にもやもやした感情があって、空太《そらた》自身でもそれがどんな形をしているのか把握しきれていない。それでも、当番を譲《ゆず》りたくない気持ちの存在には、漠然と気がついていた。

「理由がないなら決まりね」

「ほんとに負担だぞ？」

「何度も言わせないで、私なら大丈夫」

七海《ななみ》に迷いはないし、今さら考えを曲げる気もないのは表情を見ればわかる。

それでも空太は最後の抵抗《ていこう》を試みることにした。

「だとしても今すぐは無理だぞ。当番の担当は、さくら荘《そう》会議での決議が必要なんだよ。そういうルールなんで」

「そう、ルールなら仕方ないね」

「おう、仕方ない」

空太が安堵《あんど》したのもつかの間、七海は平然と、

「だったら、今晩さくら荘会議を招集するから」

と宣言《せんげん》した。

「養成所のあと、バイトが終わるのが十時だから。ちょっと遅《おそ》いけど、十一時からでよろしく」

「……はい、わかりました」

もはや、空太にはそう言うしかない。

「わかったら、神田君は部屋を出て。ここは女子の部屋よ」

何も言い返せずに、空太は部屋を出た。七海もあとから出てきて、養成所に行く時間だからと急いで準備をはじめた。それからすぐに、外へと飛び出していった。

七海を見送った空太の背中に、

「あんた、底なしのバカね」

と声をかけてきたのは千尋《ちひろ》だ。

何やら面倒《めんどう》くさそうな顔で壁《かべ》に寄りかかり、なんとも偉そうに腕《うで》を組んでいた。

「せめて理由を言ってもらえますか？」

「負担だとか、無茶だとか、そんな言い方したら、青山みたいな面倒な性格の女は、ムキになって否定してくるに決まってるでしょ？　もうちょっと女の扱《あつか》い方を覚えなさいよ」

言葉遣《ことばづか》いはどうかと思うが、確かに千尋の言う通りだったかもしれない。

「聞いてたんですか？」

「聞こえたのよ」

まだ、さくら荘《そう》会議でどうなるかはわからない。けど、その考えが気休めにもならないことは、無意識に出たため息が証明していた。

この日の晩、七海《ななみ》が招集したさくら荘会議で『ましろ当番』の担当者変更についての決議が行われた。面白そうだからという理由で、真っ先に仁《じん》が七海に一票を投じ、それに美咲《みさき》も同意。さらに、さっさと会議を終わらせたい千尋《ちひろ》と龍之介《りゅうのすけ》も七海の側に回ったため、空太はあっさりと『ましろ当番』を七海に奪《うば》われてしまった。同時に、その他の当番のローテーションも、七海を含めた形で見直しが図られた。

七月二十四日。

さくら荘会議の議事録にはこう書かれている。

——『ましろ当番』の担当者が変更になりました。神田《かんだ》空太から青山《あおやま》七海への引き継ぎが賛成多数で可決されました。議事録、こんな感じでいいですか？　書記・青山七海

——がんばれ、ななみん！　あたしが応援しているぞ！　追記・上井草《かみいぐさ》美咲

3

翌朝から『ましろ当番』は新体制がしかれ、七海の怒号で幕を開けた。

規則正しい生活が常識的な人格を形成する、と豪語する七海は、その信条に則《のっと》り、七時きっかりにましろを起こして、早速洗濯《さっそくせんたく》を教え込みはじめた。

だが、簡単に覚えるましろではない。幾度《いくど》も七海が手順を説明して、それを実演しても、一向に学ぼうとしない。わかったかと聞けば、わかったと答えるくせに、やらせてみるとボタンは適当に押すし、色物も下着もなんでも構わずに洗濯機に放り込むのだ。

「ど～して、洗濯機の使い方を覚えてくれないの」

「難しい」

「パソコンは使えるんだから、覚えられないはずないわ」

「漫画《まんが》描《か》くのに必要だから。リタが教えてくれた」

様子を見に顔を出した空太は、リタとはイギリス時代のルームメイトだと七海に説明しておいた。

「洗濯機の使い方も覚えて」

「……」

まったく興味を示さないましろは、どこか遠くを見ている。

「お願いだから、返事はしてね」

結局、この日、七海は自分の分とましろの分をひとりで洗濯していた。

それが終わると、ふたりは風呂掃除《ふろそうじ》を開始した。何も起こらなければいいなあと思いながら、空太《そらた》がダイニングで朝食を取っていると、風呂場の方から、七海の悲鳴が聞こえてきた。

空太が駆《か》けつけたときには、風呂場で水を噴《ふ》き出すホースが暴れ回っていて、七海がずぶ濡《ぬ》れになっていた。困ったことに、蛇口《じゃぐち》を全開にした張本人は、脱衣場《だついじょ》に避難しており、七海だけがあられもない姿になって出てきた。

「蛇口は開けたら閉める！」

「七海、風邪《かぜ》引くわ」

「椎名《しいな》さんがやったんでしょ……」

「……」

「話の途中で興味をなくさないで……」

七海の声はどすが利《き》いている。七海の堪忍袋《かんにんぶくろ》の緒《お》が切れる前に、空太はバスタオルを七海の肩《かた》からかけた。濡れたせいでブラウスが肌《はだ》に張り付き、体のラインがくっきりと見えて目の毒だ。

見たでしょと、体を抱くようにした七海が恥《は》ずかしさと怒りを含んだ瞳《ひとみ》で睨《にら》んできたので、

空太《そらた》は視線を泳がせてしらんぷりをした。

そんな風に、最初は不安で様子を窺《うかが》っていた空太だったが、七海《ななみ》とましろのこうしたやり取りが、二日、三日と続くのを見ているうちに、ここ数ヵ月間の自分もこんな感じだったのかということに気がつき、七海に任《まか》せておいても問題ないように思えてきた。

ましろが同級生としゃべっているのを見るのも新鮮《しんせん》で、七海に叱咤《しった》されながら一緒《いっしょ》に掃除や洗濯《せんたく》をしている姿は、少し微笑《ほほえ》ましくもあった。

その現場に居合わせた美咲《みさき》と仁《じん》からは、

「こーはいくん、にやにやしてきもーい」

「孫が遊ぶ姿を縁側で眺《なが》めてるじい様みたいだぞ。老成するには早いだろ」

と言われたりもしたのだが……。

他にも、買い物に行ってはましろが迷子になったり、七海の下着を堂々とましろが庭に干したりして、毎日どこかしらで七海が咆哮《ほうこう》をあげていたが、一週間も過ぎる頃には、ちょっと寂しく思いながらも、これはこれでいいかと、空太はすっかり新体制を受け入れていた。

ただ、空太の方から関わるのをやめても、日に二、三回の頻度でましろが助けを求めにやってきた。

二日前には、両手いっぱいに洗濯物を抱えたましろが部屋にきて、

「空太、たたんで」

と言ってきた。

それを追って、すぐに七海も駆け込んでくる。

「椎名《しいな》さん、自分のことは自分でするの！」

「空太がしたいって」

「言ってねえ！」

「神田《かんだ》君、椎名《しいな》さんを甘やかさないで」

「なんで、俺《おれ》が怒られるんだよ」

ましろの手から零《こぼ》れた布切れを、親切心で空太が拾い上げる。運の悪いことに、それはパンツだった。

ものすごい勢いで突《つ》っ込《こ》んできた七海が、空太の手からパンツを奪《うば》い去る。どうやら七海の洗濯物が混ざっていたらしい。

頬《ほお》を朱色に染めた七海は、空太にバカとかアホとか変態とか思いつく限りの罵声《ばせい》を浴びせながら、慌《あわ》てた様子で部屋から逃げ出していった。かと思えば、すぐに戻《もど》ってきて、後ろ襟《えり》を掴《つか》んでましろを連れ去った。

昨日は、夜の十時過ぎ、空太が企画書のメモを作っている最中に、風呂《ふろ》上《あが》りのましろがやってきた。

「空太、ドライヤーして」

だが、丁度、バイトから戻《もど》った七海《ななみ》に見つかってしまった。

「男子にそんなこと頼《たの》まないの！　神田《かんだ》君も鼻の下を伸ばさない！」

「伸ばしてないわ！」

「なら、七海がして」

スペースシャトルのような形をしたドライヤーを、七海はうっかり受け取っている。

「わかった……」

疲《つか》れた顔をした七海は、ましろと洗面所に消えた。

今日は今日で、午前中にノートを持ったましろが尋ねてきた。

「空太《そらた》、宿題やって」

「自分でやれ！」

「わからない」

騒《さわ》ぎを聞きつけて七海がやってきた。

即座《そくざ》に事情を察した七海は、諦《あきら》めたように深いため息を吐《つ》く。

「わかった。毎日、時間作って、私が勉強教えるから」

「考え直した方がいいぞ、青山《あおやま》。椎名《しいな》は天才的なバカだ」

「それほどでもないわ」

「お前は黙ってろ！」

「椎名さん、早速今日から勉強会よ。神田君も来る？」

「ん？　じゃあ、行こうかな」

「え⁉」

「誘《さそ》っておいてなんで、驚《おどろ》く……」

「冗談のつもりだったんだけど」

まあ、それも当然か。以前の空太であれば積極的に遠慮《えんりょ》していた。

今は学校の成績を上げたい理由もあるし、ましろの追試対策を経験した身としては、さすがに全部を七海に押《お》し付けるのも気が引けたのだ。

「空太、がんばって」

「主《おも》にがんばるのは椎名さんよ！」

という具合に、何かと助けを求めにやってきたましろだったが、七海がその高いポテンシャルを生かして、きちんと世話を焼いてくれるものだから、空太の出る幕は、日に日に少なくなっていった。

そうして、毎朝の勉強会を除き、空太はましろとの接点を少しずつ失い、反比例するように自由の身となっていった。

おかげで、驚くほど時間に余裕《よゆう》ができて、この夏の目標に掲げたプログラムの勉強と、企画書の作成はスムーズに進行した。

プログラムは、龍之介《りゅうのすけ》に言われるままに教本の練習問題に取りかかり、計算機と同じ働きをするプログラムを組むことに成功した。実際にPC上でソースを書いて、コンパイルし、実行してみると、少しだけプログラムというものが理解できたような気がした。龍之介からは、

――冒頭はサルでもわかる。壁《かべ》はポインタだ

とわけのわからないことを言われたが、計算機を自作できたことには達成感もあって、壁なんて言葉は気にならなかった。

企画書は、夏休みがはじまってから適当にメモしておいたアイディアから、一番いいと思ったものを選び、書類としてまとめていった。

書式は自由だと『ゲーム作ろうぜ』のエントリー概要には記されていたので、まずは何も見ずに作業を進めた。

八月になったばかりのこの日も、空太《そらた》は企画書の作成を行っていた。窓からは顔を出して間もない太陽の光が差し込んでいる。もう朝だ。

朝日の眩《まぶ》しさに顔を顰《しか》めながら、空太は最後の確認のつもりで、作った企画書を通し読みした。

書きたい内容は全部書けたと思う。内容にも手ごたえがある。空太は作業の完了と同時に、万歳をするように両手を上げて伸びをした。同じ姿勢でいたせいか、肩《かた》と首のあたりがばきば

きと鳴る。
そのまま後ろに倒《たお》れて、しばらくベッドに寄りかかったまま放心していた。
目を閉じれば寝《ね》られそうなものだが、気分が高揚《こうよう》しているせいか、意識は冴《さ》え冴《ざ》えとしている。エネルギーが切れた脳《のう》は、空《から》っぽな感じだ。
作業が終わったら眠《ねむ》るつもりだったのに、この様子では無理そうだ。
再び、PCの前に座り、空太はチャットルームを覗《のぞ》いた。目的の人物はログイン中だ。
——赤坂《あかさか》、起きてるか？
——あと二時間半は活動する予定だ
——時間あるなら、企画書見て感想くれない？
——了解した
マウスとキーボードを操作して、龍之介宛《あて》にメールを送る。
——受信した。しばし待て
——おう
その時間を使って、自分でも企画書を読み返す。
日本全国に張り巡らされた実際の路線図を使ったパズルゲーム。指定された時刻ぴったりに、決められた料金内で電車を乗り換え、ゴールの駅を目指すことが目的だ。一駅を、二、三秒で通過するため、テンポのよい操作が要求される。パズル感覚で路線を変え、無駄《むだ》のない乗り換えがはまったときの爽快感《そうかいかん》がウリのゲームとなっている。

企画書の書き方がこれでよかったのかはあまり自信がない。なんせ、はじめて書いたのだ。けど、アイディアの面白さには自信があった。

――読了《どくりょう》した

――こんな感じでいいのか？

――アイディアの感想は、個人の趣向により、大きく変動する事項のため、僕《ぼく》からは簡潔《かんけつ》に『興味深い』とだけ言っておく。書式に関しては、正直、協議する価値のない代物だ。これで『ゲーム作ろうぜ』にエントリーした場合、書類選考で終了する。百パーセントの確率で、だ。

――言いにくいことをずばっと言うやつだよな、お前って

――気遣《きづか》いを要求するなら、僕に相談はしないことだな

企画書を真正面から否定されて、あっさりと心は折れそうだ。だからといって、もういいと言うのも格好がつかないし、こうした痛みを避けては前に進めない。それを、空太《そらた》はましろの漫画《まんが》作りから学んでいる。正解がわかっているのに、間違《まちが》った選択をするなんて真似、できるはずがなかった。

――何がよくないんだ？

変な汗《あせ》をかきながら、キーを叩いた。

――『コンセプト』『ターゲット』『ベネフィット』の三項目を立て、企画内容を簡潔に端的に

表現できる言葉を選定すべきだ。理解できるか？
前のふたつはニュアンス的になんとなく。ゲーム雑誌なんかを眺《なが》めていれば、時々目にする。
三つ目は耳にするのもはじめてだった。
――詳しく説明してもらえるとありがたいです、先生
――まず『コンセプト』からご説明させていただきます
急に口調がメイドちゃんになった。自動メール返信プログラムのAIを、チャットにも対応させたようだ。
――よろしくお願いします
――『コンセプト』とは、コンセントの親戚ではありません（キッパリ！）
――さすがに、それくらいはわかります
――軽いジョークです。では、気を取り直して。『コンセプト』とは、この場合『何が面白いゲームなのか』を表す言葉としてご理解ください。ヒゲもじゃの三国志武将が、無数の敵をひとりでなぎ払うゲームを例にした場合ですと、コンセプトは『一騎当千《いっきとうせん》』という四文字で表現が可能です。つまり、ひとりで千人の敵を倒《たお》す爽快感こそが楽しさのゲームということです。ヒゲもじゃがコンセプトではありません。以下は、考え方の一例となりますが、プレイヤーが操作するという、ゲーム特有のインタラクティブ性からか、動詞をコンセプトに据《す》えると有効な場合もあるようです。過去、『隠《かく》れる』や『狩《か》る』をコンセプトに大ヒットを記録し

た商品もございます

――なるほど、勉強になります

――次に『ターゲット』ですが、誰《だれ》に向けた商品であるかを年齢《ねんれい》や性別で、簡単に表現したものです。場合によって『中高生・男子』だけで事足ります。ただし、販売層《はんばいそう》をさらに絞る場合は『何とか世代』や『ラノベ読者層』『アニメファン層』などという具体的な表現の方が的確となりますので、状況に合わせて使い分けてください

――要するに、誰に売るのかも考えておけってことですね

――はい。最後に『ベネフィット』ですが、昨今《さっこん》の企画会議では、この点に着目した商品開発が行われていることが増えているようです。直訳では『便利』という意味になるかと思いますが、捉《とら》え方と致しましては、企画書のゲームを遊んだユーザーが得る利点だとお考えください。『感動』を得られるのか、『知識』を得られるのか、『動物を飼いたい』という欲求が満たされるのか、『彼女を飼いたい』という欲望を叶えてくれるのか、はたまた『メタボ改善』になるのか、などなど形は様々ですが、ユーザーが自覚的もしくは潜在的《せんざいてき》に抱《いだ》いている欲求のうち、どこを満たし、どこを刺激するものなのかを示す内容になります。多くのユーザーが望んでいる商品がわかれば、あとは作って売るだけです。言葉を変えれば、消費者ニーズを把握するということでもありますね。ご理解いただけましたか？　もしご理解いただけないようでしたら、それは空太《そらた》様がゴミくず以下の人間ってことですよ。わかりませんなんて言ったら、燃えるゴ

ミの日にポイしちゃうぞ！　以上、とてもわかりやすいメイドちゃん講座でした
最後の方にあったゴミくず以下うんぬんは見なかったことにした。時々、メイドちゃんは黒い気がする……。それは主《あるじ》の性格によるものなんだろうか。
――理解したか？
――おかげさまで、大変わかりやすかったです
――「コンセプト」『ターゲット』『ベネフィット』の把握は、どんな娯楽を、どんなユーザー層に売り、どんな満足感を与えるものなのかを知ることと同義だ。要するに、企画内容を神田自身が深く理解していなければ、正しい言葉を選定できない。逆を言えば、この三項目を把握することは、自分の企画を客観的に分析し、自分のものにしているということでもある。最近では『ゲーム作ろうぜ』にエントリーされる企画書のレベルは上がる一方だと聞く。こうした考え方ができるようになって、ようやくスタートラインだと思った方がいい。書類選考を通過し、いざプレゼンとなれば、どの道必要になるぞ
さすが、実際にゲーム関連の仕事を請《う》け負っているだけに、龍之介《りゅうのすけ》の発言には説得力と重みがある。
――若干《じゃっかん》、甘《あま》く見てたかも
――甘すぎだな。記念受験のつもりなら結構だが、本気で挑戦《ちょうせん》するのなら高校生の感覚は早急に排除しろ。企画書を審査《しんさ》するのは、億単位の金を動かしている大人《おとな》だ。あくまでビジネス。

子供の道楽ではない
——どんだけ傷口に塩を塗《ぬ》る気だ、お前は
——それと、もう一点
——まだ、ダメ出しする気かよ!
——文字だけではなく、イメージ画像を挿入《そうにゅう》すべきだ。ゲームの企画内容は言葉で説明するのが難解《なんかい》なものが多い。動いているものを見せられれば、という言い訳は通用しない。言うくらいなら作成し、持参すればいい。それが不可能なら、最低限、絵でイメージを補完することをオススメする
——俺《おれ》の美術の成績を知ってるか?
よりにもよって、空太《そらた》が最も苦手とする教科だ。
——自分で描《か》く必要はない。幸運なことに、さくら荘《そう》には、絵のプロがふたりもいる
——あ、その手があったか
ましろと美咲《みさき》の実力なら、十分過ぎる。協力を要請《ようせい》するのは、一筋縄《ひとすじなわ》ではいかないかもしれないが……。
——最後にもう一点
——お前はどこまで俺を袋叩《ふくろだた》きにすれば気が済むの? ねえ? ドSなの?
——企画書に、仕様レベルの細かい設定やシステムの説明は不要だ。一番の売りであるアイ

ディアを表現するに留《とど》めろ。あれもこれもやれますという企画書は、中心アイディアに対する自信のなさを露呈《ろてい》しているようなものだ。見透かされるぞ。当然、おまけ要素を書くなどもってのほかだ

設定やシステムのみならず、空太の企画書にはおまけ要素までしっかり書いてある。

寒いくらいに肝は冷えているのに、次から次へと汗《あせ》が垂れてきて、キーボードの上に落ちた。

——以後、気をつけます

——現段階から企画の立案、企画書の作成を日常化しておくのはいいことだ。将来、必ず神《かん》田《だ》の財産になる。業界の実状を話せば、企画職の仕事は九割が雑用だ。素材リストの作成、素材の発注、素材の確認と管理、グラフィッカーとの折衝《せっしょう》、プログラマー用の仕様作成、打ち合わせ議事録係、仕様の削減、外注管理、テストプレイ、デバッグ、デバッグ管理、パブ素材の選出と記事の確認、攻略本《こうりゃくぼん》のチェック……その他、諸々《もろもろ》挙げればきりがない。恐らく、神田が思い描《えが》くクリエイターの姿とは程《ほど》遠い仕事内容だろうが、その立場に甘《あま》んじている企画者は多い。正直、企画職とは言いがたいと僕《ぼく》は常々思っている

——確かになんか地味《じみ》そうだな

——企画と呼ぶに値《あたい》する人材は全体の一割程度だ。絵も描けず、音も作れず、シナリオも書けず、プログラムも組めないから企画をしています……という輩《やから》が大半を占めている。企画を名乗るなら、企画のプロであるべきだ。ゲームアイディアの捻出《ねんしゅつ》や、企画書の作成なら、プロ

グラマーの僕《ぼく》にもできる。実際、現役ディレクターの職歴を調べると、元グラフィッカーや元プログラマーの多さに驚《おどろ》くだろう。幾《いく》つかの大手ゲーム会社に至っては、新卒での企画職の採用は行っていない。ものを作る力のない雑用係は必要ないからだ。僕はこの姿勢を支持している。だからこそ、神田《かんだ》には確かな企画力を持った本物の企画者を目指してもらいたい

——お、おう、がんばるよ

——健闘《けんとう》を祈る。すまないがモーション制御用ミドルウェア、開発コード「モーちゃん」に仕様追加の依頼が来た。仕事を片付けたい。落ちるぞ

——悪い、色々アドバイスサンキュ

——問題ない。有意義な時間だった

その書き込みを最後に、龍之介《りゅうのすけ》はログアウトしてしまった。

「にしても、赤坂《あかさか》、すごすぎ……」

仕事をするとは、こういうことなのかもしれない。言葉の使い方や考え方、心構えに至るまで、全部が別次元だ。ネーミングセンスだけは、どうかと思うが……。

言われたことを踏《ふ》まえ、自信作だった企画書を見直す。龍之介……というか、メイドちゃんが説明してくれた項目に関しては、書いていなかったり、あやふやだったり、考えが浅かったり、調べがついていなかったりする。

見れば見るほどに、情けない気持ちになってきた。それでも、忘れないうちに空太《そらた》は修正方

針を決めようと、プリントアウトした企画書に、赤ペンを走らせた。

このままでは悔《くや》しくて眠《ねむ》れない。

唯一《ゆいいつ》救いだったのは、龍之介がゲームのアイディア自体にはダメ出しをしてこなかったことだ。興味深い。ほめ言葉のような気もする。

どちらにせよ、アイディアには空太も自信がある。自分を信じるしかない。

一通り修正の方向性を定めると、今日はもう寝《ね》ようと思って、空太はベッドに横になった。

誰《だれ》かの部屋にお邪魔《じゃま》しているのか、猫《ねこ》は一匹《いっぴき》もいない。

今日の勉強会はどうしようと思いながら、空太は目を閉じた。すぐに睡魔《すいま》が覆《おお》いかぶさってきて、意識は夢の世界に落ちた。


どれくらい眠《ねむ》ったのだろうか。

空太は部屋に入ってくる足音で、意識の半分を夢の世界から現実に引き戻《もど》された。猫のためにドアは開けっ放しにしてあるのだ。

ひかりか、のぞみか、それともこだまだろうか。さすがに音だけではわからない。

別にどの猫でも構わない。勉強会の時間になって、七海《ななみ》が起こしに来たんだとしたら、起きないとまずいかもしれない。でも、七海だったら部屋の外から声をかけてくるだけか。そんなことを思いながら、再び、眠りにつこうとしていると、足音がベッドに上がってきた。この暑いのに、猫《ねこ》は擦《す》り寄ってこようとしているのだ。

空太《そらた》は猫を押しのけるつもりで手を伸ばした。

触れば毛並みで、どの猫かわかるかもしれない。

だが、伝わってきたのは、想像している感触とは似ても似つかないものだった。

猫よりもやわらかくて、だいぶ大きい。少し押したくらいではびくともしない。あるはずの毛並みの感触は手のひらに残らず、肌触りはすべすべしている。猫の体というよりは、そういう布地の服だ。

さすがにおかしいと思って、空太が目を開ける。

目の前にはましろの寝顔《ねがお》があった。

伸ばした手は、ましろの胸を揉《も》んでいる。エビが跳ねるような動作で、空太は体ごと後ろに下がった。

思わず、離した手をまじまじと見つめてしまった。前に、仁が言っていたように、体の線の細さからは想像できないくらいの確かな存在感があった。知ってはいけない秘密を知ってしまったような罪悪感と緊張感《きんちょうかん》に空太の喉《のど》は激しく渇《かわ》いた。

添《そ》い寝《ね》の状態に耐《た》え切れず、空太は慌《あわ》てて体を起こす。

「おい、椎名《しいな》」

「……なに」

半分だけ開いた目で、ましろが空太を見てきた。

「なにって、お前がなにしてんだよ！」

「寝るの」

「部屋で寝ろって」

「……朝、七海《ななみ》がくるもの」

「だからって俺《おれ》の部屋はまずいだろ」

七海の方針《ほうしん》で、休みの期間中も、ましろは毎朝七時に起こされている。今日はゆっくり寝たくて逃げてきたのだろう。

頼《たよ》りにしてくれるのはうれしくもあったが、こうも堂々とベッドにもぐりこまれると、男としての価値のなさを証明されているようで、空太としては複雑な心境だった。

「ネームやってたから……」

再び、ましろが目を閉じてしまう。

「寝たら、俺が死ぬぞ！」

「……空太」

「な、なんだよ」

「ふたりのときは、ましろ」

「わ、わかってる……」

「そう……ならいいの」

満足した様子で眠《ねむ》りに落ちようとする。

「わ～、待て、寝《ね》るな！　え～、あ～、そうだ！　次は連載狙《ねら》うんだよな？　そうなったら本格的に漫画家《まんがか》っぽいな」

「わたしはなるわ……」

発言は強気でも、ましろは今にも寝てしまいそうだ。

疲《つか》れているようなので、寝かせてやりたい気持ちもあるが、それを許せばあとが恐《こわ》い。七海《ななみ》に何を言われるかわかったものではない。

「ネーム、進んでるのか？」

首は横に振《ふ》られた。

「上手《うま》く行ってないのか……」

「うん」

一晩中、机に向かってネーム作業をするましろの姿が脳裏《のうり》に浮かんだ。いいものを作れているときはいい。けど、悩んでいるときは無理をしているようにしか見えなくて、毎日、寝落ちするまでがんばっているのを思うと、いたたまれない気持ちになる。それでも、我が身を省《かえり》みず、やると決めたら、とことんまでやり続ける。それが、ましろのスタイルだ。

「空太《そらた》、お願いがあるの」

「ん？　なんだ？」

見上げてくるましろの目に、わずかな不安が過《よ》ぎった。

「雑誌出たら、一緒に本屋行きたい」

「椎名《しいな》……じゃなくて、ましろのデビュー作が載《の》るやつだよな？　いつだ？」

「二十日」

「そっか。わかった」

「当番じゃないけどいいの？」

「約束するよ」

恥《は》ずかしくなって、空太は顔を背けた。すると、ましろが小指を差し出してくる。

「約束」

何も言わずに、空太は指を絡《から》めた。

「もう寝ろ」

「空太」

「なんだよ」

「……話せてよかった」

指を解《ほど》くとほぼ同時に、ましろは眠りに落ちた。その寝顔は幸せそうだ。

「ったく、どういう意味だよ」

ていた。

空太《そらた》は音を立てないように慎重にベッドから下りて、少しの間だけ、ましろの寝顔《ねがお》を独占していた。

ましろ当番を外れて一週間ほどだが、目の前で眠るましろの姿が懐《なつ》かしく思えた。

もうしばらく堪能《たんのう》していたいところだが、のんびりもしていられない。時計はすでに七時を回った。そろそろ七海《ななみ》がましろを起こす時間だ。部屋にいないのに気づいたら、真っ先にここへ来るだろう。

待ち伏《ぶ》せするつもりで、空太は自室を出た。

玄関《げんかん》の脇《わき》にある階段から上の様子を窺《うかが》う。七海が下りてくるどころか、物音すらしない。

不思議に思っていると、ダイニングに人の気配を感じた。

空太は警戒《けいかい》しながらダイニングに顔を出した。

先客は、円卓《えんたく》に突《つ》っ伏《ぷ》したまま動かなくなっている。

回り込んで確認すると、なんと七海だった。昨日出かけていったときと同じ服装。確か、養成所に行って、そのあとはバイトだったはずだ。そう言えば、何時に戻《もど》ったのか、空太は把握していない。

腕の下には、紙の束。台詞《せりふ》らしきものが縦書きにされていて、所々に赤ペンでチェックが入っている。何かの台本のようだ。

夏場とは言え、このままでは風邪《かぜ》を引く。空太は一旦《いったん》部屋に戻ってタオルケットを持ち出すと、ダイニングで眠る七海の肩《かた》にかけてあげようとした。

　その瞬間、七海がぱちりと目を開く。七海に覆《おお》いかぶさるような姿勢になっていた空太と、必然的に目が合った。あと数センチ前に出れば、キスだってできる距離《きょり》だ。

　七海は二度、三度と瞬《まばた》きをしたかと思うと、じ～っと空太を見つめてきた。眠《ねむ》そうな目に意思の光が徐々に戻《もど》っていく。それと共に、七海の瞳が怯《おび》えで潤《うる》んだ。

「か、神田《かんだ》君は……」

　イントネーションが関西弁になっている。

「違《ちが》う、青山《あおやま》、これは！」

「ウチのカラダが目当てやったんやなー！」

　思い切り、鼻の頭をグーで殴られた。その衝撃《しょうげき》で空太は体を起こし、ふらついた足取りで、三歩後ろに下がった。我慢しがたい独特の鼻の痛み。目から涙《なみだ》がぼたぼたと零《こぼ》れ、それ以上に鼻血がだらだらと流れてきて、床板《ゆかいた》に血の雨を降らせた。とっさに鼻に触れた手は、もう真っ赤だ。

　その間に、七海はダイニングの隅に移動して、肉食獣《にくしょくじゅう》に怯えるウサギのように小さくなっていた。

「か、神田君を信じたウチがアホやった」

「話を聞いてくれますか、青山さん」

涙《なみだ》と鼻血でむごい状態の自分が情けなくて仕方ない。

「こんことは、きちんとセンセにゆーとくから！　豚箱《ぶたばこ》ん中でお幸せに！」

七海《ななみ》は自分の体を抱きながらも、強がった目つきで空太《そらた》を威嚇《いかく》してくる。

「落ち着け！　状況を見ろ！」

「そんなん、はっきりしてるわ！　部屋に忍び込んできといてなにゆーてんの……って、あれ？」

何かに気づいて、七海がゆっくりと立ち上がる。

「私の部屋じゃない……」

周囲を今一度確認している。ここはダイニング。肩《かた》にかけられていたタオルケット。そして、空太。どうしてこうなったのかを思い返すように、七海は天井を見た。

「思い出したか？　理解したか？」

「もしかして……」

「そう、その通りだ」

「寝起《ねお》きの顔、見た？」

「って、そっちかよ！」

慌《あわ》てて七海が顔を隠《かく》しながらダイニングを飛び出す。向かったのは洗面所だろう。廊下《ろうか》の奥から水の流れる音がした。

空太はため息を吐《つ》きながら、鼻にティッシュを突《つ》っ込《こ》んだ。なのに、床にはまだ血が垂れている。両方の穴から出ているらしい。十六年間の人生ではじめての体験だ。

鼻血の処置が済むと、洗顔を終え、前髪を整え、着衣の乱れを直した七海が戻ってきた。さすがに悪いという自覚はあるのか、両方の鼻の穴にティッシュを突っ込んだ空太を見ても笑わない。とっさに視線を逸《そ》らしてごまかしている。でも、肩は震《ふる》えていた。

「ごめん」

「いや、いいんだけどさ。そんな壁《かべ》の方を見たまま言われても」

「見たら笑っちゃうもの」

「誰《だれ》のせいだ！」

「だから、ごめんなさい」

「いいけどさ。それより、え～っと……だな」

大丈夫か、と聞こうとして、空太は言葉を呑《の》んだ。それを七海に言えば、大丈夫でなくても、大丈夫と答えることを、前に千尋《ちひろ》から教えられていたからだ。

だが、それに類する言葉を封印《ふういん》すると、途端《とたん》に何を言えばいいのかわからなくなる。

不自然に視線を泳がせた結果、テーブルの上に話題を見つけた。

「ああ、これ？　二十一日に養成所の中間発表会があるの。その演目」

「アニメ？」

「ううん。普通の劇《げき》……お芝居《しばい》よ」

「ふ〜ん」

「シェイクスピアくらい知ってるでしょ？」

ロミオとジュリエットしか知らないが、空太《そらた》は自信たっぷりに頷《うなず》いておいた。

「お芝居とかもやってんだなあ」

「とかもっていうか、基本的には芝居の勉強をしてるんだけど」

「え？　アフレコとかやんないの？」

「マイク前での演技練習は、前に特別講義で一度したくらいかな？　うちの養成所は、演技の基礎《きそ》を重視っていうか、役者を育てるみたいな方針だから。歌とか、踊りのレッスンもあるのよ」

「へ〜、養成所ってそういうもんなんだ」

「もちろん、実戦重視ってところもあると思うけど」

「で、青山《あおやま》は練習をしてたとか？」

再び台本に目を向ける。

「昨日配られたの。目を通して、台詞《せりふ》、頭に入れようと思ってたんだけど……」

「途中で寝《ね》たのか」

「そうみたい」

反省しているらしく、七海《ななみ》が身を縮《ちぢ》める。

「その発表会って大事なのか？」

「どうかな？　どれくらい重要視されてるのかはわからない。事務所に所属できるかを決めるオーディションは二月にあって、見せる相手は違《ちが》う人だし……でも、マネージャーさんとか見に来るから無関係ではないと思う」

となれば、無理はするな、とは言えない。言ったところで聞く耳を持つはずがない。

間がもたなくなって、空太は冷蔵庫を開けた。牛乳パックを取り出したら、中は殆《ほとん》ど空《から》っぽだった。

「あっ、昨日、上井草先輩《かみいぐさせんぱい》に頼《たの》まれてたんだった……ごめん」

冷蔵庫に貼《は》られた当番表。確かに、今週の買い出し当番は七海になっている。

「いいよ。あとで出かけたついでに買ってくる。青山は、もうちょい部屋で寝とけ」

今日も養成所に行って、その後はバイトもあるはずだ。滞納している一般寮《りょう》の家賃《やちん》を支払うため、七海は夏休みになってから、アイスクリーム屋の他に、ファミレスとドーナツ屋のバイトを掛《か》け持ちしている。一日どころか、一時間だって無駄《むだ》にしないシフトだ。

「ううん。大丈夫。当番は私だから。すぐ行ってくるね」

七海は食費の入ったさくら荘《そう》共通の財布《さいふ》を棚《たな》から持ち出すと、コンビニに行ってくると言って、出かけようとする。

さすがに見過ごせなくて、空太《そらた》は七海が脇《わき》を通り過ぎる際に、腕《うで》を掴《つか》んで止《と》めた。

「他にも買う物あるの？」

「青山《あおやま》はほんと寝《ね》とけ。買い物は俺《おれ》があとで行っとくから」

同じことをもう一度だけ言う。

「すぐ戻《もど》ってくるから。コンビニは通りに出てすぐでしょ？」

「人の厚意は素直に受け取れって。なに、こんなことで意地になってんだよ」

そこで、七海が空太の手を振り払った。

「なにそれ。そんなの一方的な押《お》し付けでしょ」

真っ向から七海が苛立《いらだ》ちをぶつけてきた。冷め切った目からは、剥《む》き出しの敵意を感じる。

周囲の空気も一瞬《いっしゅん》にして張り詰めたものに変化した。

冷たさを放つ七海とは逆に、空太の感情は瞬時に加熱され、目の前が真っ赤に見えるほど沸《ふっ》騰《とう》していた。

「なんだよ、その言い方！」

声が大きくなるのを抑えられない。その圧力にも七海は屈《くつ》することなく、冷たい威圧感を放ち続けている。一ミリも引く様子はない。

「私は大丈夫だから。神田《かんだ》君に手伝ってもらう理由はありません。全部自分でやれるからお気になさらず」

「こんなところで寝落ちしてたやつが、なに言ってんだ」

「おかげさまで、よく眠《ねむ》れたから」

売り言葉に買い言葉の応酬に過ぎないことは、空太も七海もわかっている。けど、一度はじめてしまえば、自分を守るために言葉で相手を殴り続けるしかない。相手をすかす術も、受け止める術も知らなかった。

「あ～、そうかよ、もう勝手にしろ！」

本当はこんなことを言いたいんじゃない。言った側《そば》から後悔《こうかい》しているのに、一度上がった苛《いら》立《だ》ちの温度は、簡単には冷めてくれなかった。

「そうする」

七海はさっと身を翻《ひるがえ》して、ダイニングを出て行こうとする。

だが、タイミング悪く帰ってきた仁《じん》とぶつかった。

「青山さんの気持ちはうれしいけど、留美《るみ》さんのところで、三回戦までやってきたから、今日はもうしんどいんだよね。また今度にしてくれる？」

突き飛ばすように、七海が仁から離れる。

「三鷹《みたか》先輩《せんぱい》は堂々と門限とか、外泊《がいはく》許可とか、無視しすぎです！　ちゃんとしてください！」

「そうは言うけど、俺《おれ》、誰《だれ》かの肌《はだ》のぬくもり感じてないと眠《ねむ》れない体質なんだよね。青山さんが一緒《いっしょ》に寝てくれるなら毎日帰ってくるけど？」

鋭《するど》い目つきで七海《ななみ》が仁《じん》を貫く。それから、失礼しますと無愛想に言って、玄関《げんかん》から出て行った。

「やれやれ、怒られちゃったよ。恐いね」

空太《そらた》を見て、仁がおどけた。

「すいません。とばっちりで」

「いいけど、別にこんくらい。真正面から相手にぶつかるお前のそういうとこ、俺《おれ》には真似できないし、嫌《きら》いじゃないんでね」

「……って、見てたんですか!?」

口の端《はし》を持ち上げて、仁がわざとらしく笑う。

「俺にはとても言えないな～。意地になってる相手に『なに、こんなことで意地になってんだよ』な～んてさ」

その点は空太も反省しているところだ。けど、だったら、なんて言えばよかったのだろうか。買い出し当番を代わるくらいたいしたことじゃない。難しく考えなくても、今まで仁や美咲《みさき》とは臨機応変《りんきおうへん》にやってきた。それが七海には通用しない。

「なんでもいいけど、ちゃんと仲直りはしておけよ?」

そう言われても、ごめんと素直に謝る気にはなれそうにない。間違《まちが》ったことをしたとは思えないのだから。

仁も部屋へと戻《もど》り、ダイニングには空太だけが残った。

しばらく考え事をしていると、まぶたに圧《の》し掛《か》かる睡魔《すいま》の存在を思い出した。企画書の作業を徹夜《てつや》でしていたのだ。今すぐにでも寝《ね》てしまいたい。なのに、部屋のベッドはましろに占拠《せんきょ》されている。

「つうか、俺はどこで寝ればいいの？」

4

八月も二週目になると、さくら荘《そう》の中が前よりも静かになった。それは空太《そらた》の気のせいではなく、ふたつの理由がある。

ひとつは、毎日がカーニバルの美咲《みさき》が、新作アニメの制作を本格的にスタートし、部屋にこもるようになったからだ。前に美咲が言っていた予定から大きくずれ込むことなく、仁は脚本《きゃくほん》を書き上げた。尺《しゃく》は四十分強。これまでの作品の中では一番長い。

「いくら美咲でも、この長さなら、卒業までかかるだろ。これでお役ごめんだな」

脚本のアップ直後に、仁は自嘲《じちょうてき》的に少し気になることを言っていた。だが、空太に質問するだけのヒマを与えずに、この日もさっさとお姉さまのところへ出かけてしまった。

打ち上げと称して、存分に楽しむ気らしい。

もうひとつは、ましろ当番に七海《ななみ》が慣れ、悲鳴とか、怒号とか、絶叫《ぜっきょう》を上げる回数が格段に減ったからだった。

空太《そらた》と軽い言い争いになって以降、七海のやり方はより徹底《てってい》されて、少しずつではあるが、ましろも洗濯《せんたく》や掃除《そうじ》をするようになってきている。もちろん、ひとりでやらせると大惨事《だいさんじ》を巻き起こすところは何も変わっていないのだが……。ネーム作業の傍《かたわ》らで、ましろにしてはよくやっているようだった。

七海は、その他の当番でも、一切のミスを犯《おか》さなくなった。完璧《かんぺき》にすべてをこなし、誰《だれ》の手助けも必要ないことを証明している。そして、空太への態度も以前のままで、あの日のことなど、何もなかったかのように振舞っていた。毎朝の勉強会でも、平然とした態度を取られ、口論のことは話題に出すことすら許してくれない。

時折、目が合っても、

「神田《かんだ》君、どこかわからないの？」

「いや、そういうわけじゃなくて」

「勉強する気がないなら参加しなくてもいいよ。その問題も間違《まちが》っているし」

「え？　嘘《うそ》？　あ、ほんとだ」

「しっかりしてよね」

という具合に、空太の方が心配される始末だった。

そうした七海の徹底振りは、宣戦布告《せんせんふこく》以外のなにものでもなく、もちろん、空太も気づいていた。

けど、完璧を貫く七海を相手に、空太陣営《じんえい》から応戦する手段はなく、不本意ながらも七海の思惑通り、うやむやの状態で日々を過ごすしかなかった。

そして、週も半《なか》ばの十日になると、ちぐはぐな空気に耐《た》え切れず、空太は夜になって帰ってきた仁《じん》に相談を持ちかけることにした。

仁の部屋のドアをノックする。

「開いてるよ」

隙間《すきま》から顔を突《つ》っ込《こ》んで、

「今、いいですか？」

と確認を取った。

机の前に座っていた仁は、

「そんな辛気臭い顔で言われたら断りにくいだろ」

とノーパソの画面を見たまま言った。

部屋に入ると、空太はベッドに腰掛《こしか》けた。ここに座ると、椅子《いす》を回転させて振り向いた仁と、丁度いい感じの距離になるのだ。

仁が作業の手を止めるまで空太は待った。

たぶん、美咲《みさき》が作るアニメの脚本《きゃくほん》をいじっているのだ。普段は殆《ほとん》ど見せない真剣さが、横顔ににじんでいる。ただでさえ大人《おとな》びた顔が、より大人びて見える。

五分ほどして、仁《じん》は天を仰《あお》いで大きく息を吐《は》いた。

それが終わると空太《そらた》の方を向いて、一度眼鏡《めがね》を外してからきつく目を瞑《つぶ》った。

「真面目《まじめ》な顔してどうしたよ？　モテ期が来なくて悩んでるのか？」

「違《ちが》いますよ」

「あれ、都市伝説だぞ」

「だから違う……って、え⁉　まじで⁉　……信じてたのに…………」

「空太の場合、気づくか、気づかないかの問題だと思うけどな」

意味がわからず視線で追加の説明を求めたが、仁は眼鏡をかけなおしただけだった。

「で？　空太の用件は？」

「青山《あおやま》のことです」

「コクられた？」

「違います！　俺《おれ》をおちょくって楽しいですか？」

「うん」

仁が無邪気に言う。どうしてこの人は時々、こんなにも子供っぽい顔ができるんだろうかと不思議に思う。

「空太は青山さんが心配か」

「まあ……心配というか。まじで、むかついたというか……自分にもなんですけど……」

的確な言葉を探すのは少し難しい。ただ、このままではまずいことになるような気はしている。

「ましろちゃんのことはどう思ってんの？」

「なんで、椎名《しいな》が出てくるんですか？」

「俺にはなんで、その質問が返ってくるのかがわからないけど」

難解な返しに、空太は苦いものでも食べたような顔になる。

「青山さんをどうしたいんだ？」

「どうって言われるとあれですけど……要領よくて、大概のことは人並み以上にやれるからって、ほんとに全部をひとりでやる必要はないと思うんですよ。さくら荘《そう》で一緒に暮らしてるんだし、助け合ってもいいんじゃないかと……そんな感じです」

慎重に言葉を探りながら、空太はなんとか自分の考えを口に出した。それでも、感じていることを的確に表現できたとは思えない。けど、遠く外れてもいないはずだ。

「俺の印象とだいぶ違うんだな」

「印象って青山の？　どう違うんすか？」

「いいって、今のは忘れろ。せっかく青山さんの狙《ねら》い通りなんだから、お前は騙《だま》されておいてやれ」

そうは言われても、気にはなってしまう。

「それより、お前、また正義の味方になろうとしてない？」

「……してません。今度のは違うと思います」

「だったらいいけど。ちゃんと自分のことも進めておけよ」

「それはやってます。今度、仁《じん》さんも企画書見てください」

仁に相談を持ちかける前に、企画書の修正も終えたばかりだ。あとは画面イメージの絵があれば完成する。これについては、ましろではなく、ゲームに精通している美咲《みさき》に頼《たの》もうと思っているのだが、その当人がアニメ制作に没頭していて、相談を持ちかけるタイミングを掴《つか》めずにいた。

「企画書ね。それは、楽しみにしておこう」

そこで仁のケータイが鳴った。たくさんいる恋人の誰《だれ》かだろう。けど、仁は鳴り止むまで結局出なかった。

「いいんですか？」

「だって、空太《そらた》の話、まだ終わってないだろ？」

「……今のちょっとかっこいいです」

「ほれるなよ？」

これがなければ、本当にかっこいいと思う。

「言ってもわかんないと思うぞ、青山《あおやま》さんの場合。目標見つけて、親の反対押し切って、ひとりで大阪から出てきてんだろ？　実家を出てからずっとひとりなんだよ。そりゃ、どんなことも自分でなんとかしなくちゃって思うんじゃないか？」

「じゃあ、放っておけって言うんですか？」

「俺《おれ》はそうする。空太がどうするかは、俺の知ったことじゃない。考えるのはいいことだよ、こーはいくん」

立ち上がった仁が、空太の頭に手を置く。

「それ、やめてください」

仁の手を振り解《ほど》いて、空太も立ち上がる。その拍子《ひようし》に、床《ゆか》に積み上げられていた本の山が崩れた。

「あ、すいません」

慌《あわ》てて直そうと伸ばした手が、入試問題集を摑《つか》んだ。

何も感じなかったのはほんの一瞬《いっしゅん》だけ。これは受験生が持つべき本。それが仁の部屋にあることに対する違和感が、胃のあたりに重たく溜《た》まっていく。

よく見れば、他にもある。参考書。予想問題集。大阪にある芸大の過去問題集まで発見してしまった。

　すると、すっかり忘れていた記憶《きおく》がフラッシュバックした。進路指導の高津《たかつ》先生と仁《じん》が職員室で話しているのを見かけたことがある。あれは、ましろの追試に付き合った日のことだ。

　断片《だんぺん》情報を集めていくと、ひとつの絵が完成した。

　けど、そんなはずはない。あってほしくない。

　そう願いながら顔を上げた空太《そらた》の疑惑の視線を、仁は逃げることなく真《ま》っ直《す》ぐに受け止めていた。それがまた一段階、そうであってほしくない未来への目盛りを前に進めた。

「仁さん、これ、どういうことですか!?」

　摑《つか》んだ入試問題を仁に突《つ》きつける。

「別に騒《さわ》ぎ立てるようなことじゃないだろ」

「ことですよ！　だって……大学は？」

「水明《すいめい》にはいかない」

　決定的な事実が衝撃《しょうげき》となって脳天《のうてん》に殴りかかってきた。

「エスカレーターを蹴《け》るんですか？」

「もう蹴った」

「え!?」

「というより、最初から希望は出してないんだ」

「……どういう、ことですか？」

仁は文芸学部。美咲《みさき》は映像学部に行くと思っていた。いや、美咲からそう聞かされただけで、よくよく思い返すと、仁は何も言ってなかった気がする。高校を卒業しても、ふたりは水明に残るのだと空太が思い込んでいただけだ。

「俺《おれ》は大阪の芸大に行く。それだけだ」

「ちょっと待ってください！　美咲先輩《せんぱい》はどうするんですか！」

「美咲は関係ないだろ？」

「どうせ、それが理由で、水明にはいかないんでしょ！」

「……だとしても、空太が騒《さわ》ぐことじゃない」

トーンの下がった声には、明らかな苛立《いらだ》ちが混ざっていた。

「そうかもしれないけど……だけど……」

「美咲には黙っててくれよ。言うときは自分で言う」

「……なんで」

「お前がそんなしんどい顔することないんだよ」

仁は見たことのないしらけた笑みを浮かべていた。何がそうさせるのか、空太はひとつも理解できなかった。ただ、仁の決意の固さだけはわかる。エスカレーターを放棄《ほうき》した時点で、もう退路はないのだ。水明から出て行くしかない。

「俺、これからどんな顔して、美咲先輩と遊んだり、話したりすればいいんですか……」

「今まで通りでいいって。お前は知らなかった。そうしろ。簡単だろ？」

「できるわけないでしょ！」

「できなくても、やれ」

やけに素《そ》っ気《け》無い仁《じん》の態度に耐え切れず、空太《そらた》は泣き出しそうな自分の心を叱咤《しった》しながら部屋を飛び出した。

廊下の壁《かべ》を二度殴る。

そんなことをしても、思い浮かぶのは無邪気《むじゃき》な美咲《みさき》の顔だけだ。

今の自分を誰《だれ》にも見られたくなくて、空太は足早に自分の部屋に戻った。


空太は自室のドアを開けた時点で、動けなくなった。

よりによって今一番顔を合わせたくない人物が、机に向かって謎《なぞ》の歌を口ずさみながら、やたらと長い鉛筆を滑《なめ》らかに走らせていた。

一度、小さく深呼吸をする。普通に。普通に接すればいい。いつも通り。でも、いつも通りってどんなだっただろうか。

そんなことを考えていると、くるりと美咲が振り向いた。

「こーはいくん！　こんな感じでどうだ！」

美咲が見せびらかしてきたのは、Ａ４サイズの紙。空太の作った企画書のプリントアウトだ。

画面イメージの絵素材をお願いしようと思っていた場所は空白にしておいたのだが、その部分に美咲が鉛筆でラフを入れていた。レイアウトもきちんとしていて、空太が思い描いていたゲーム画面が的確に表現されている。

「うお、すげえ」

　素直に感嘆の声がもれた。

「でも、なんで？」

　まだなんの相談もしていない。

「こーはいくんの助けを呼ぶ声が、びびびっときたんだよ」

「そんなわけないでしょ」

「うん。あたし、３Ｄをセルっぽく動かしたいな〜って思ってて、さっきまで部屋でコマ抜きの実験してたの。これがばっちり上手くいってさ、３Ｄ特有のぬめ〜っとした感じがなくなって、しゅぴ〜んって動くようになったではありませんか！　ついでにＨＤ出力のレンダリングをやってみたら、びっくりだよ！」

「は、はあ……」

　一体、何の話がはじまったんだろうか。

「ＳＤの何倍も時間がかかるんだもん！　レンダリング中はヒマすぎるんだもん！　龍之介《りゅうのすけ》に頼んで、レンダリングサーバー立ててもらわないとダメだね〜！」

　言ってることの半分も理解できなかったが、空太《そらた》は触れないでおくことにした。聞き返しても、話がややこしくなるだけだ。

　代わりにどうでもいいことを聞いた。

「そういや、なんで赤坂《あかさか》はあだ名じゃないんすか？」

「わかった。今日からアクタガワって呼ぼう！」

「龍之介《りゅうのすけ》代表だろうけどそれはやめて！」

「じゃあ、ドラゴンだ！」

　人ではなくなってしまった。迂闊《うかつ》な発言をしたことを心の中で龍之介に謝っておく。ごめんよ、ドラゴン……。

「とにかく！　レンダリング中はすることないから、こーはいくんと遊びに来たのだ！　そしたら、なんか置いてあるではありませんか！　イラストを入れるところに『ここは大好きな美咲先輩《みさきせんぱい》にお願いしよう。恥《は》ずかしいけど、この気持ちを伝えずにはいられない！　ラブ！　ラブ！』と書いてあったから、描《か》いちゃった」

「俺《おれ》が付箋《ふせん》に書いたのは『イラストは美咲先輩』だけです！　おかしな捏造《ねつぞう》しないでください！」

　その一点だけは指摘して、空太は企画書を手に取った。改めて内容を確認する。いい。すごくいい。絵のおかげで、いよいよ本物っぽくなってきた。

「そんな感じでいいなら、あとでデータ作って色つけて持ってきたげる」

「お願いします」

「でも、いいの？　あたしがやっちゃって。ましろんにも頼《たの》んだ？　断られたの？　かわいそうなこーはいくん！　だったら、あたしが慰《なぐさ》めてあげるも～ん」

「なんで、椎名《しいな》が出てくるんですか」

「う～ん、なんでだろう……」

　自分の発言には責任を持ってもらいたい。

「女のカン？」

　全身が横に傾《かたむ》いているのは、自信のなさのあらわれなのだろうか。わけがわからない。こういうときは深く考えない方が身のためだ。特に相手が美咲の場合は……。

　その美咲はというと、会話に興味をなくし、ベッドの上で猫《ねこ》とじゃれ合って遊んでいる。

　相変わらずの気まぐれさだ。

　しばらく放っておいたら、また声をかけてきた。

「ねえ、こーはいくん」

　最近、ますます丸くなってきた白猫のひかりを美咲が抱き上げる。大きな胸を顔に押《お》し付けられたひかりは若干迷惑《じゃっかんめいわく》そうだ。

「なんすか？」

「うん……あのね」

先ほどまでのハイテンションが、しぼんだようになくなっていく。これは、あの話が来るなと思ったときには、もう遅《おそ》かった。

「……どうすれば、仁《じん》は振り向いてくれると思う？」

下手《へた》なことを言うと動揺《どうよう》が全部出てしまいそうだった。だから、沈黙で応じるしかなかった。

「聞いてる？」

「……聞いてます」

このタイミングで、どうしてこういう話になるんだろうか。さっき、仁から水明《すいめい》を出て行くと聞かされたばかりだ。それはつまり、美咲《みさき》と距離を置くという話なわけで……。

「そ、その……先輩《せんぱい》は仁さんと、どうなりたいんですか？」

「どうって……恋人、だよ」

「具体的には？」

「チューしてみたい……」

「ネズミ？」

「違《ちが》うも～ん」

口を尖《とが》らせて、美咲がかわいらしい顔で抗議《こうぎ》してくる。仁のことになると、どうして、この人はこんなにも女の子になるのだろうか。空太《そらた》は不思議で仕方がない。いつもは恐いものなん

てなんにもない宇宙人のくせに。

仁に嫌《きら》われることには怯《おび》えている。自分の気持ちが届かないことに苦しんでいる。

「手、繋《つな》いで歩いたりもしたい……」

もう痛々しくて見ていられない。

「ぎゅってしてもらいたいし……」

鼻の奥が湿っぽい反応をしている。これはまずい。これ以上は泣きそうだ。

「でも……どうすればいいのか、わかんないよ。みんなはどうやって彼氏彼女になってるのかな？　あたしって何か足りないのかな。もしかして、一生このままなのかな……こーはいくん、助けて」

ベッドの上で膝《ひざ》を抱《かか》えた美咲《みさき》が、泣き出しそうな目を向けてくる。

仁《じん》には口止めされているから、外部受験のことを言うわけにはいかない。どっちの味方かと聞かれたら、空太《そらた》は断然美咲派だ。仁の気持ちも少しは理解できる。でも、こんな風に思いつめた美咲を放っておけるほど、心を鬼《おに》にはできない。

けど、結局、気の利《き》いた言葉など贈《おく》れるはずもなく、

「先輩《せんぱい》は、かわいいから大丈夫ですよ」

とか言いながら、美咲が自分で立ち直るのを待つしかないのだ。

「ありがと、こーはいくん。ちょっと元気出たかも」

そう言われると半分くらいは救われた気持ちになれる。もう半分は無力な自分が情けなくて泣きたくなる。

「景気付けに、朝までゲームでもしますか？」

「お、あたしにケンカを売るとは、こーはいくんも成長したね～」

電源を入れてコントローラーを握る。

「こーはいくん」

「ん？」

「この夏はたくさん遊ぼうね」

「どうしたんですか、急に」

「だって、あたしと仁にとっては、高校生活最後の夏なんだも～ん」

さらっと美咲が言った一言が、空太の胸に深く突《つ》き刺《さ》さった。

今日はもう本当にやばい。涙腺《るいせん》を直撃《ちょくげき》することが多すぎる。慌《あわ》てて空太は鼻をすすった。さっさと美咲が対戦をスタートさせても、まったく対応できなかった。

「あ～、もう、こーはいくん、なにしてんのさ！　ぼ～っとしてる場合じゃないよ！」

当たり前だと思っていた今の生活も、あと数カ月で違《ちが》うものになってしまう。来年の夏、美咲も仁もこのさくら荘《そう》にはいない。それはダダをこねても、嫌だと叫んでも、どうしたって変えようのない事実で、ふたりのいなくなったさくら荘を想像すると、また鼻の奥がつんとした。

それをごまかすために、

「せ、先輩が変なこと言うからですよ！」

と大声を出す。

「変なことなんか言ってないも～ん！」

無邪気に笑う美咲《みさき》が空太《そらた》を見ていた。

「だいじょ～ぶ！　まだあたしはここにいるよ」

「……はじめて聞きました。美咲先輩《せんぱい》が先輩らしいこと言うの」

「それはこーはいくんの心が大人《おとな》になった証拠だね！　ようやくあたしの偉大《いだい》さがわかったか」

「なんだそりゃ！　次は負けませんよ」

「じゃあ、負けた方は、ななみんの部屋に侵入して、クローゼットからパンツを取ってくるって罰《ばつ》ゲームね」

「俺が一方的に不利でしょ！」

すっかり普段の空気を取り戻《もど》した空太と美咲は、バイトから帰ってきた七海《ななみ》に近所迷惑だと叱《しか》られるまで、ゲームで遊び続けるのだった。

しぶしぶ部屋に帰っていく美咲を見送り、七海からお小言を散々もらったあとで、空太は先に眠《ねむ》っていた猫《ねこ》の邪魔《じゃま》をしないように、ベッドの隅っこで丸くなった。

目を閉じる。暗闇《くらやみ》の中に自分を置くと、頭の中で色々なことが繰り返し再生された。

七海と言い争いになったあの朝のこと。

外部受験をすると宣言《せんげん》した仁《じん》の冷めた表情。

知らずにはしゃいでいた美咲。

その仁と美咲も、来年にはいなくなってしまう。例年、卒業式は三月の上旬。残り七ヵ月。まだまだ先のことだ。けど、一日ずつ確実にその日は近づいてくる。

その間に、どれだけのことができるんだろう。七海とは上手《うま》くやれるようになるだろうか。仁と美咲はどうなってしまうんだろう。ましろは漫画家《まんがか》として、成功を収めていくような気がする。龍之介《りゅうのすけ》は今のままかもしれない。じゃあ、自分はどうだ。

考えはじめると、どの問いかけにも答えは見つからなくて、時間だけが無為《むい》に過ぎていった。

空太は眠るのを諦《あきら》めた。部屋に閉じこもっている気分でもなくて、深夜のさくら荘《そう》の廊下に出た。蒸《む》し暑さと静けさだけが、ここにはある。古い板張りの床《ゆか》は、うぐいす張《ば》りでもないのに、ぎしぎしと音を立てる。

ダイニングの明かりに気づいて、空太はそちらに顔を出した。

いたのは千尋《ちひろ》だ。ひとりで酒盛《さかも》りをするその姿に、空太の気は一瞬《いっしゅん》で緩《ゆる》んだ。

はがきを見ていた千尋が目線を上げた。

「子供は寝る時間よ」

「大人も寝る時間ですよ」

時計は深夜の二時を回っている。

「手紙、ですか？」

千尋《ちひろ》は何も答えず、はがきを破《やぶ》いてゴミ箱に放り投げた。

「いいんですか？」

「同窓会なんか行っても、豚肉の原材料みたいになった連中から、自慢話と苦労話を聞かされるだけよ」

「いっそ、豚でいいと思いますけど……そういうもんですか」

「あんたも、私の歳《とし》になればわかるわ」

十数年後の自分は何をしているんだろう。その姿は少しも想像できない。そもそも、自分はいつか大人《おとな》になるんだろうか。そんな疑問すら出てくる。

「それに、会いたくないやつもいるしね」

千尋がビールを呷《あお》る。

「昔の彼氏とか？」

冗談のつもりだったのに、一瞬《いっしゅん》だけ千尋の動きが止まった。けど、すぐに何事もなかったかのように、ビールを飲み干《ほ》す。

「で、神田《かんだ》の用件は何？　慰《なぐさ》めてほしいんでしょ？」

「……今日はツッコミませんよ」

「あんた、教師相手に、突《つ》っ込《こ》むって、卑猥《ひわい》すぎるわよ」

「なんか、先生の存在は励みになりますよ。適当でも生きていけそうな気がしてきます」

「ど～せ、神田のことだから、青山《あおやま》とか、三鷹《みたか》とか、上井草《かみいぐさ》のことでしょ？」

冷蔵庫から新しいビールの缶を出す千尋の背中は、今も面倒《めんどう》くさいと語っているのに、発言はど真ん中を直撃《ちょくげき》していて、空太《そらた》は心底驚《おどろ》いた。

「あんたって、ほんとに損な性格してるわよね。他人の事情に思い切り同調して、振り回されて、情緒不安定になって、夜も眠《ねむ》れないなんてさ。バカなんじゃないの？」

席に戻《もど》り、ビールの缶を千尋が開ける。噴《ふ》き出してきた泡をもったいないと言って、すぐさま口をつける。

「先生、俺に恨《うら》みでもありますか？　俺《おれ》をいじめて楽しいですか？」

「別に～」

それはそれで、理不尽な返答だった。理由もないのに、罵倒《ばとう》されたのか。

「あ、そうそう、これ、ましろに渡しといて」

テーブルに置かれていた封筒を突き出してきた。出されたものを何でも受け取ってしまうのは空太の悪い癖《くせ》だ。

赤と青で縁取りされた封筒。海外からの手紙だ。英語で住所と名前が記されている。はじめて手にした国際郵便物が珍しくて、空太《そらた》は自然に裏返していた。

差出人の名前がある。

アデル・エインズワースと読むのだろうか。

「男の名前ね」

思わず真剣な目を、千尋《ちひろ》に向けてしまった。

「そんな恐《こわ》い顔しないの。見透かされるわよ。少年の嫉妬《しっと》が」

「だ、誰《だれ》がそんなこと」

一体、ましろとはどういう関係の人物なんだろうか。外見は……。年齢《ねんれい》は……。何をしている人なのか……。そして、手紙には何が書かれているのだろうか。それが気になる。

「あら、丁度いいところに」

何事かと思えば、ましろだった。今日も連載用ネームの作成に従事していたんだろう。表情を見ればわかる。机を離れても集中力が途切れた様子はない。少し張り詰めた雰囲気《ふんいき》なのは、ネームの作成が上手《うま》く行っていないせいかもしれない。

ましろは空太と千尋を一瞥《いちべつ》したあとで、キッチンの戸棚《とだな》を開けて、何やらごそごそとやり出した。カップ麺《めん》を発見すると、大事そうに両手で持って空太のもとにやってきた。

「作って」

空太は文句を言わずに、ましろにカップ麺を用意した。三分待っている間に、千尋から預かった手紙を差し出す。

迷った素振りもなく、ましろは無感動に封筒を破って、中から便箋《びんせん》を取り出した。よくないのを承知で、空太も横目に映す。けど、当然、英語で書かれているので、内容を把握することはできなかった。

無表情のましろからも、なんの情報も引き出せない。

読み終わるまでの沈黙が息苦しい。結局、最後まで待てずに空太は質問した。

「誰なんだ、その人?」

声が少し震《ふる》えた。

「特別な人」

たった一言で、空太の心臓は大きく跳《は》ねた。それはすぐに締め付けるような痛みに変化し、空太の中心を支配していく。

他の悩みは突然押し寄せてきた巨大な津波に飲み込まれて海の底に沈んだ。七海《ななみ》のことも、仁《じん》のことも、美咲《みさき》のことも、その全部が……。

頭の中が、ましろでいっぱいになっている。冗談を言って自分を守る余裕すらなくし、空太は救いの手を求めて、さらなる質問をぶつけた。

「特別って、どういう……」

すがるような思いだった。

手紙からましろが顔を上げる。空太《そらた》をじっと見つめてきた。

「好きな人」

頭の中で乾《かわ》いた音がした。氷がひび割れていくような音。視界は白くぼやけて、自分がどこを見ているのかも、空太は自覚できなくなった。

特別な人。

好きな人。

その言葉が示す先は、ひとつしかない。

大切にしていたものが、音を立てながら崩れていく。それは空太自身だったのかもしれないけど、今の空太には何も理解できず、何も把握できてはいなかった。

「そっか……そうか……」

ふらつきながら席を立つ。テーブルに手をついて体を支えた。見えない力が心臓を鷲掴《わしづか》みにしている。胃は重たく踏《ふ》み躙《にじ》られ、呼吸すら上手くできなくなっていた。

心の方向感覚は失われ、わけのわからない頭で、空太は『違《ちが》う』という言葉を何度も繰り返した。違う、自分は関係ない。違う、自分はそんなこと思っていない。違う、自分は傷付いていない。違う、これは違うんだ……。

けど、どれだけ言い訳を並べても、少しも気持ちは晴れない。それどころか、追い詰められていく一方だった。

「空太？」

気遣《きづか》うようなましろの声で、空太は我に返った。

「俺《おれ》、もう眠《ねむ》いし寝《ね》るわ。おやすみ」

早口にそれだけ言って、ダイニングを出た。

急いで部屋に逃げ込む。勢いよく閉めたドアに背中を預ける。空太は押《お》し寄せる脱力感に抗《あらが》うことなく、すぐに滑り落ちるようにして床《ゆか》にへたり込んだ。そして、投げ出した足をぼんやりと見つめたまま、少しも動かなくなった。

第三章
今は今だけだから今なんだ

1

朝日が昇っていく。天気予報は三日連続の快晴。今日もうんざりするくらい暑い一日になるんだろう。八月も後半の二十日だというのに、まだまだ秋の気配《けはい》は遠い。

徹夜《てつや》明けの空太《そらた》は、完成した企画書をエントリーしようとパソコンに向かっていた。ウェブ上のシートに必要事項を書き込み、確認のために何度も読み返した。あとは『エントリー』のボタンをクリックするだけだ。

龍之介《りゅうのすけ》にアドバイスをもらって以降、企画書の中身は急速に進化したと思う。美咲《みさき》が作ってくれた画像データと、仁《じん》に相談してまとめたキーワードは印象的で、最初に書いた字だけの企画書とは格が違う。いかにも、本物っぽさが出た。

先ほど、龍之介に再度見せたら、前回のようなダメ出しはなかった。

やれるだけのことはやった。その達成感が空太にはあった。

だから、自信があるうちに、空太は『ゲーム作ろうぜ』にエントリーする決意を固めた。

エントリーフォームの指示通りに項目を埋めていくと、五分足らずで準備は整ってしまった。

あと一回のクリックで手続きは完了する。

マウスを握《にぎ》る手はべっとりと汗《あせ》をかき、下腹が妙《みょう》にそわそわしている。空太は、味わったこ

企画書『ゲーム作ろうぜ』用

とれいん・とれいん（仮）

～新感覚電車乗り換えパズルゲーム～

携帯ゲーム機用ダウンロード販売コンテンツ

エントリーNO. 780411　神田空太

■企画概要

実在する電車路線をフィールドとした新感覚パズルゲーム

定められた時刻もしくは運賃ぴったりに、ゴール駅に到着することが目的

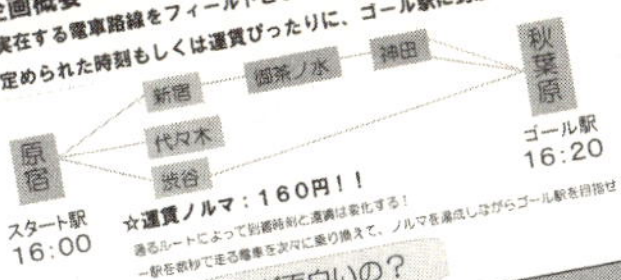

☆運賃ノルマ：160円！！

通るルートによって到着時刻と運賃は変化する！

一駅を数秒で走る電車を次々に乗り換えて、ノルマを達成しながらゴール駅を目指せ！！

何が面白いの？

■コンセプト

時間にピッタリ、

お金にピッタリ、

乗り換えもピッタリが気持ちいい！

■ゲームフロー

1．ノルマの決定

2．スタート駅から出発

ゲーム開始！！

スタート駅から電車は自動的に走り出す

一駅あたり数秒でスピーディに通過する

3．乗り換え駅に接近！

乗り換え可能な駅に接近すると

画面左下に情報ウィンドウが開く

・乗り換えのできる電車が表示される

・各乗り換え電車の出発時刻がわかる

情報をもとにプレイヤーは経路を選択

・選択時間は数秒間しかない！（難易度で速度は変化）

4．『3』の乗り換え選択を繰り返す

乗り換え可能駅に接近するたびに、ルート選択

乗り換え時間なしの乗り換えをするとスコアアップ！

待ち時間なしの乗り換えをするとスコアアップ！

連続させればコンボでさらにボーナスがつく！！

・ただし、乗り換えに時間のかかる駅もあるので注意！

華麗に乗り換えろ！

5．ゴール駅に到着

画面

現在時刻

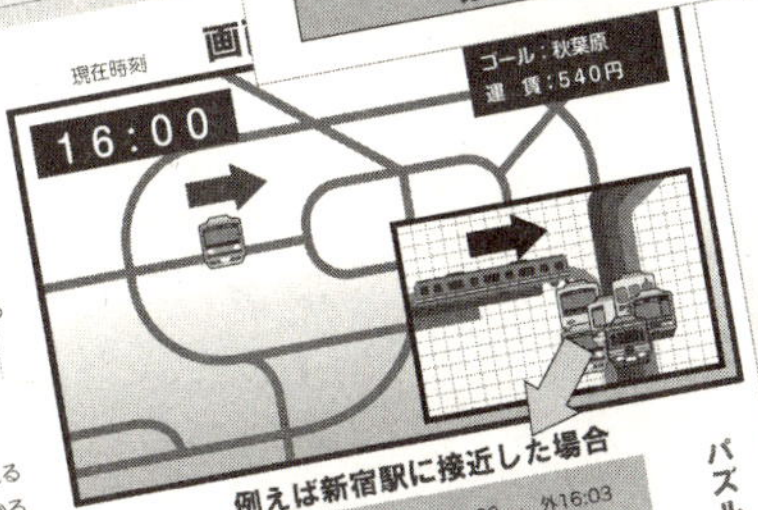

例えば新宿駅に接近した場合

山手線	内16:02	外16:03
埼京線	上16:02	下16:10
京王線		下16:09
小田急		下16:09
ロマンスカー		下16:15
丸ノ内線	上16:05	下16:15

…etc.

パズル感覚で選択可能

■ゲームモード紹介

シングルプレイ

○ミッションモード

スタート駅を出発し、ノルマを達成した上でゴールすればクリア

クリア後は次のミッションへと進むもっともシンプルなモード

○とれいん・とれいんモード

ゴール駅に到着すると、次のノルマとゴール駅が即座に提示

ノルマ未達にならない限り、永遠に乗り換えパズルを堪能できる

マルチプレイ

○アドホック通信対戦モード（最大4人まで遊べる）

携帯ゲーム機を持ち寄り、友達同士でわいわいと遊ぶことができ

○遠距離通信対戦モード（最大8人まで遊べる）

アクセスポイントを経由して遠くの人とも対戦を楽しむことがで

○犯人追跡モード

ひとりが犯人となって逃亡、他プレイヤーは協力して追いかける

■ターゲット

・暇つぶし感覚でゲームを遊ぶライトユーザー層

・一部鉄道ファン

ちょっとした時間ができると、ついつい遊んでしまうゲームを目指す

■ベネフィット

○どんな利得があるの？

・普段は乗らない全国の路線に遊んでいるだけで詳しくなれる

・乗り換え、乗り継ぎのテクニックを見つけられる

・乗り換え、乗り継ぎのテクニックを把握できて、どこにだって行きやすくなる

・乗車時間や運賃を把握できて、どこにだって行きやすくなる

○娯楽としてはどうなの？

・ムダのないピッタリ乗り換えが快感！

・時間的、運賃的に無駄のないピッタリ乗り換えが快感！

・ノルマを突破した瞬間の達成感が最高に気持ちいい！！

・不可能と思えるノルマを突破した瞬間の達成感が最高に気持ちいい！！

・パズル感覚でルートを組み合わせて遊べる！

○難しくないの？

・電車の知識がなくてもパズル感覚でルートを組み合わせて遊べる！

とのない緊張《きんちょう》と興奮の中にいた。

これほど素直に体が反応するのは、はじめての経験だ。さくら荘《そう》にやってきたときだって、ここまでびびったりはしなかった。

あと十秒数えたらエントリーしよう。

深呼吸をしてから、心の中でカウントダウンを開始する。
十、九、八……七を思い浮かべた瞬間《しゅんかん》、机の上にのぞみが飛び乗ってきた。その拍子《ひょうし》に、空《そら》太《た》の指がボタンをクリックする。
画面が切り替わり『エントリーが完了しました。ありがとうございます』の文字が表示された。

のぞみは誇《ほこ》らしげな顔で、机の上に座っている。

「お前な……」

よりにもよって、のぞみ。黒猫《くろねこ》だ。なんか不吉《ふきつ》だ……。

言っても仕方がないので、空太はブラウザを閉じて、諦《あきら》めるような気持ちでパソコンをシャットダウンした。書類審査の結果は、早くても一週間後くらいだろう。

しばらくは何もない。

空太は椅子《いす》を斜《なな》めに傾《かたむ》けながら、大きく伸びをした。

やった。ひとまずはやり遂《と》げた。

思わず、言葉にならない雄たけびを上げていた。

驚《おど》いた猫たちが、一斉《いっせい》に抗議《こうぎ》の視線を向けてきた。

今はその程度で、テンションが下がったりはしない。机の上に寝《ね》そべるのぞみを空太は抱き上げた。眠《ねむ》ろうとしていたのぞみは、なんだか迷惑《めいわく》そうにしていたが、空太としては自分が感じている幸福感を誰《だれ》かに分けてあげたかった。

よしよしと頭を撫《な》でる。けど、のぞみは腕《うで》の中で暴れだして、逃げてしまった。

ノリの悪い猫と喜びを分かち合うのは諦め、空太は椅子《いす》を斜《なな》めにしたまま天井を見た。古びた木目を眺《なが》めているうちに、頭の中は空《から》っぽになっていた。

ゆっくりと目を閉じる。

何もしたくない。何もできそうにない。気分は高揚《こうよう》しているけど、同時に、脱力感というか無気力感もある。そう言えば、原稿を描《か》き上げて数日は、ましろもぼ～っとしていた。こんな感覚の中にいたのかもしれない。

不用意にましろのことを思い浮かべたせいで、空洞になっていた脳内《のうない》は、一瞬《いっしゅん》にしてましろ一色に染まった。

ましろに届いた手紙。特別な人。好きな人。

殆《ほとん》ど人に興味を示さないましろが、翌日には手紙の返事を書いていて、それを出したいと七《なな》海《み》に相談しているのを見かけた。

一緒に郵便局に出かける後ろ姿はどこかうれしそうで、それとは逆に、空太《そらた》は息苦しさを覚えた。

もっと詳しく聞かなければ、本当のところはわからない。毎朝、勉強会で顔を合わせるたびに、勇気を振《ふ》り絞《しぼ》ろうとするのだが、聞けば最悪の答えが返ってくる可能性もあって、一週間以上が経《た》つ今も聞けずにいた。想像上の痛みに怯《おび》えて、心は臆病《おくびょう》になっている。

そうした現実から目を背けて、空太は企画書の作業に没頭した。ヒマができると余計なことを頭が考えようとするので、この数日は本当に集中してきたと思う。

けど、企画書の作成が一段落した今、隠《かく》れる場所が空太にはない。

じわじわと足元から、ましろのことが空太を支配していく。

他にも不安はある。仁《じん》の外部受験のこと。美咲《みさき》はどうなってしまうのか。それに、七海《ななみ》とは口論になったことへの決着が、未《いま》だについていない。

その七海は、毎日バイトに明け暮れ、ましろの世話を焼き、そして、養成所の中間発表会に向けて、気持ちを集中させている様子だった。今まで以上に、付け入《い》る隙《すき》がない。

そんな不安が一巡りすると、空太はまたましろのことを考えていた。

そこに、

「空太」

と背中から声がかかった。

驚《おどろ》いてバランスを崩した空太は、傾《かたむ》けていた椅子《いす》ごと後ろに倒《たお》れた。痛みを堪《こら》えながら目を開ける。逆さまになったましろが立っていた。

慌《あわ》てて、起き上がる。

同時に、大事な約束を思い出した。今日は八月二十日。ましろのデビュー作が載《の》る雑誌の発売日。一緒に本屋に行きたいと言われていた。

「勉強会が終わったら、本屋行くか」

驚いたことにましろが首を横に振った。部屋にも入ってこようとしない。

「七海が変」

「変ってなにが？」

ましろは答えずに、廊下の先……玄関《げんかん》の方をじっと見ている。

誰《だれ》かいるんだろうか。

空太が部屋から顔だけ突き出すと、玄関には私服姿の七海がいた。

下駄箱《げたばこ》に寄りかかって、俯《うつむ》いたまま動かない。

確かに様子がおかしい。いつものきびきびした七海の雰囲気を感じられない。

廊下に出た空太は七海に駆《か》け寄った。後ろからましろもついてくる。

「青山《あおやま》？」

声をかけると七海がゆっくりと顔を上げた。うつろな目に、上気した頬《ほお》。そのくせ、寒そうに体を抱いている。

「お前……」

「だい……じょうぶ。なんでもないから」

喉《のど》に絡《から》まった声も普段と違う。いつもの張りがまったくなかった。

「なんでもあるだろ」

おでこに手を当てる。手のひらにねっとりと七海《ななみ》の体温が絡みついてきた。

熱がある。それもかなり……。

「平気だから」

空太《そらた》を振り払う手に力はなく、少し動くと七海は苦しそうに何度も咳《せ》き込んだ。その背中を擦《さす》ってあげた。

「神田《かんだ》君……セクハラよ……」

「んなこと言ってる場合か」

「もういい……バイト行かないと……勉強会、ごめん……今日、早いの……」

思考が繋がってない。熱で脳《のう》が参っている証拠だ。

「勉強会はいい。それに、そんなんじゃバイトも無理だ。やめとけ」

「急に抜けたら……迷惑《めいわく》かけるもの……」

「使い物になんないやつがいるのも迷惑だろ！」

きつい口調で空太は言い切った。とても外に出せる状況《じょうきょう》じゃない。そもそも、これじゃバイト先にたどり着けるかも怪《あや》しいくらいだ。

「でも……」

体を支えていないと今にも倒《たお》れそうだ。

「いいから、今日は休め。お前、明日、大事な日だろ？」

明日、八月二十一日は、養成所の中間発表会がある。

「そう……だけど……」

「とにかく今日は部屋で寝《ね》てろ。明日に備えろ。バイト先の番号は？　俺《おれ》、連絡しとくぞ」

「ううん……自分でするから……」

七海の吐息が熱い。もう目を開けている余裕《よゆう》もなくなっている。それでも、七海は玄関《げんかん》備え付けの電話の受話器を持ち上げる。

番号をひとつずつ押《お》していく。

そうだった。七海は先月からケータイを止められているんだった。

稼いだバイト代は、一般寮の家賃返済に回しているため、いまだに使えない状態なのだ。前に、なければないで、なんとかなると七海は言っていた。空太には信じられなかったが……。

「青山《あおやま》です。お疲《つか》れ様です……はい、すいません、体調崩して、熱があって……はい、はい。お願いします……はい、ほんとにすいません。失礼します……」

咳《せ》き込《こ》みながら、七海《ななみ》が受話器を置く。そこで力尽きて、床《ゆか》にしゃがみ込んでしまった。もう立ち上がる気力も残ってはいない。

文句を言わせずに、空太《そらた》は七海を背中に担《かつ》いだ。

首筋にかかる吐息が熱い。じわじわと不安をあおってくる。その重圧に負けないよう、空太は足を踏《ふ》ん張《ば》りながら階段を上がり、七海を部屋まで連れて行った。

ベッドに寝《ね》かせるまで、七海はなされるがままだった。

「今、薬持ってくるから」

部屋を出ようとした空太の手首を、七海が摑《つか》んできた。触れたところがすぐに汗《あせ》ばむ。七海の熱は、空太の体に溶け込み、動揺となって全身を蝕《むしば》んでいくようだった。

「どうした？　他にほしいものあるか？」

「明日は……行くから……」

うわ言のように七海が呟《つぶや》く。

「行くから……」

自分が何を言っているのか、七海は理解していないのかもしれない。

「わかった。わかったから」

空太の手首を摑んだ手から、力が抜ける。そのまま手を離すと、七海は気を失うように眠《ねむ》りに落ちた。

苦しそうな呼吸が、明日は絶望的だと語っている。空太は耳を塞《ふさ》ぎたい気持ちを押し殺して部屋を出た。

そして、自室に戻って着替《きが》えを済ませると、医者に往診《おうしん》を頼《たの》むために寮《りょう》から飛び出していった。

町田《まちだ》医院は商店街近くにある個人病院で、具合が悪くなると母親によく連れていかれた。十年前から歳《とし》を取ったように見えないおじいちゃん先生がやっていて、空太のことは小さいときから知っている。だから、慌《あわ》てた様子で駆《か》け込んでも、嫌《いや》な顔ひとつせずに話を聞いてくれた。

しかも、午前と午後の診察の合間に、さくら荘《そう》まで足を運ぶと言ってくれた。一時過ぎにやってきたおじいちゃん先生は、七海の診察を終えると、部屋で待っていた空太のところに顔を出した。

過労で免疫力《めんえきりょく》が低下したところへの夏風邪《なつかぜ》。詳しく話していないのに、七海が無理をしていたことは、あっさりと見抜かれていた。いくら若くて回復が早くても、三、四日は大人しくしていないとダメだと言われた。

当然、明日の外出などもってのほかだ。

最後に改めて無理はさせないようにと念を押《お》し、おじいちゃん先生は、解熱剤《げねつざい》とビタミン剤を処方《しょほう》して病院に帰っていった。

千尋《ちひろ》は仕事で早朝から学校に行って不在。仁《じん》も外泊で昨日から帰っていない。昼過ぎに部屋から出てきた美咲《みさき》には、先に七海《ななみ》の病状を伝えておいた。

夕方になって仁が帰ってきたところで、空太《そらた》は全員を自分の部屋に集めた。空太、仁、美咲、それにましろの四人だ。

まずは仁に、七海の状況を説明した。

「いずれ倒れると思ってたけど、このタイミングとはね」

わかっていたのなら……そう出かかった言葉を空太は呑《の》み込んだ。今さら言っても仕方がないし、空太も薄々《うすうす》感じていながらどうにもできなかったのだ。

「問題は明日だよね～」

美咲が口をへの字にして、腕組《うでぐ》みの姿勢で考え込んでいる。

養成所の中間発表会があることは、ここにいる全員が知っている。ここ数日の張り詰めた雰《ふん》囲気《いき》も肌で感じていた。二階にいると、練習する声も聞こえたらしい。

「うわ言で、明日は行くって言ってましたから」

バイトを休むのとはわけが違《ちが》う。普段のレッスンとも違う。明日は年に一度しかない特別な日なのだ。今までの成果を表現する場所。七海はそのために努力をしてきた。

「だからって、行かせるわけにはいかないだろ」

仁が難しい顔をする。

「うん、あたしもさっきちょろ～っと見てきたけど、ななみんすんごく苦しそうで、明日はとてもじゃないけど、ありえないって感じだったよ」

「それでも行くって言うなら、俺《おれ》たちが止めてやんないとな」

「そうですね」

歯痒《はがゆ》さを感じながらも、空太は仁に同意するしかなかった。何かあってからでは遅《おそ》い。七海のことを思えば、今回の発表会は諦《あきら》めさせるべきなのだ。

話は終わりだと仁が立ち上がる。

その直後、ずっと黙っていたましろが急に口を開いた。

「わたしなら行くわ」

空太と美咲の視線はましろに向かい、部屋を出ようとしていた仁が足を止めた。

「わたしなら行く」

「だけどな、椎名《しいな》」

「七海が行きたいなら、行かせてあげて」

困った空太は、目線で仁に助けを求めた。やれやれと言った様子で、仁が肩《かた》をすくめる。

「七海を行かせてあげて、お願い」

頼《たの》むような口調のくせに、その瞳《ひとみ》はダメなら自分が連れて行くと語っている。

「お願いします」

ましろがぺこりと頭を下げた。

「だそうだが、ど～すんだ空太《そらた》？」

「そりゃあ、俺《おれ》だって、青山《あおやま》がやりたいようにやらせてやりたいですよ。けど……」

手首を握《にぎ》ってきた七海《ななみ》の手の熱さが忘れられない。あの声が、あの決意が、今日までの七海の努力が報《むく》われてほしいと思ってしまう。

「空太、お願い。七海、がんばってた……毎日、遅くまで」

「そんなことわかってるけど……」

誰《だれ》かが止めてあげないといけないことだってある。

「お願い」

「常識が邪魔《じやま》をするってんなら、答えは出てんじゃねえの？」

悩《なや》む空太にそう言ってきたのは仁《じん》だ。その諦めたような顔は、ひとつの結論を語っていた。

「ここ、どこだっけ？」

問題児の巣窟《そうくつ》。常識外れのさくら荘《そう》だ。

ましろがじっと見つめてくる。心は揺《ゆ》れていた。行かせるか、止めるか、どちらが七海のためなのか。そんなの考えたって意味はない。決めるのは空太じゃなくて、七海なんだから。

「わかった。青山が行くって言うなら止めない」

七海は自分から諦《あきら》めはしないだろう。それをわかっていながら、空太はそう言うしかなかった。

「よ〜し、だったら決まりだね！　みんなでななみんを助けてあげよ〜！」

お〜っと美咲《みさき》が自分で自分に応《こた》えている。

「空太、ありがと」

「別に……明日、俺が付き添《そ》いますよ。青山があの調子じゃ、危ないんで」

「だったら、移動手段はあたしが確保してあげるも〜ん」

「あ、そうですね。タクシーがいいかも。先輩《せんぱい》の財力でお願いします」

「宇宙船に乗ったつもりで、ドンとこーい！」

にんまりと美咲が笑う。何か企んでいるようにも見えるが、この状況で、七海にマイナスになるようなことはさすがにしないだろうと思って、空太は追及しなかった。

「あとは、千尋《ちひろ》ちゃんか。常識的に考えて、さすがに反対するだろうな」

仁が眼鏡《めがね》の位置を直す。

「常識的な大人には思えませんけど、たぶん……」

「ま、そっちは俺がなんとかするわ」

「お願いします」

とてもじゃないが、空太に千尋をどうにかできるとは思えない。ここは人生経験豊富な仁に任せるしかない。この面子《めんつ》では、それが自分の役割だと仁《じん》はよくわかっている。

「わたしは？」

ましろがぽつりと聞いてきた。

「椎名《しいな》は何もしないのが仕事だな」

手のかかる問題を増やされたらたまらない。

「わたしも何かしたい」

どこか寂《さび》しそうに見えたのは気のせいだろうか。

「んじゃ、ましろちゃんは空太《そらた》と一緒に付き添《そ》いな」

「ちょっと仁さん！」

「移動手段は美咲《みさき》で、千尋《ちひろ》ちゃん対策は俺《おれ》。文句ないだろ？」

「うん！」

美咲が深く頷《うなず》く。

「なによ、誰《だれ》もいないと思ったら、あんたら、こんなところでなんの悪巧《わるだく》みしてるわけ？」

部屋に顔を出したのは、学校から戻った千尋だった。予定よりも帰りが早いのは、七海《ななみ》の風《か》邪《ぜ》をケータイで伝えておいたからだろう。

「さて、俺、鈴音《すずね》さんに呼ばれてるから行くわ」

さっさと立ち上がって、仁が部屋を出る。

続けて、美咲も、

「レイアウトやっちゃおう～っと」

と言いながら飛び出していった。

そのドサクサにまぎれて、ましろも部屋を出ようとする。その背中を千尋が呼び止めた。

「ましろ、これ、ポストに届いてたわよ」

千尋が差し出したのは大きめの封筒。だいぶ厚みがあった。表面に少女漫画雑誌《しょうじょまんがざっし》のロゴがプリントアウトされている。

「見本誌《みほんし》ってやつでしょ？」

千尋に促《うなが》されて、ましろが無言で手を伸ばした。ガムテープをはがして、中から一冊の雑誌を取り出す。

喜ぶでもなく、笑うでもなく、無感動にましろがページをめくっていく。自分の漫画を雑誌の真ん中らへんで発見すると、扉絵《とびらえ》だけを確認してすぐに閉じた。

そして、見本誌を空太に突き出してきた。

「もう、いいのか？」

「内容は知ってるもの」

「んなことわかってるけど……こう、もっとうれしがったりとか……ないのか？」

「とてもうれしいわよ」

「全然、そう見えないんだけど……とにかく、デビューおめでと」

「うん、ありがと」

やはり、喜んでいるようには見えない。もしかしたら、七海《ななみ》のことを気にしているのかもしれない。

手渡された雑誌の表紙を空太《そらた》はじっと眺《なが》めた。左の隅に、ちっちゃくましろの読み切り漫画《まんが》が紹介されている。タイトルの下に『椎名《しいな》ましろ』の名が刻《きざ》まれていた。

掲載《けいさい》ページを探す指は震《ふる》えた。だいたいの場所はわかっていたので、扉絵《とびらえ》を簡単に見つけられた。

本当に載《の》ってる。そんな当たり前のことを思った。一ページずつ読み進める。前に見せてもらったことはあるけど、雑誌の形になっていると別のものというか、なんだか本物って感じがした。

「なれるんだな、漫画家って」

真っ先に空太の心に芽生《めば》えたのは、素朴《そぼく》な驚《おどろ》きを含んだ納得感だった。

見本誌をましろに返す。それを胸に抱いて、ましろは自分の部屋へと帰っていった。

残った千尋《ちひろ》は、獲物を見つけた蛇《へび》のような目を空太に向けていた。

「で？　あんたら、ほんとにバカなこと考えてないでしょうね」

ものぐさ教師は意外と鋭《するど》い。

「考えてませんよ。さっさと部屋から出て、ドア閉めてくれますか？　俺《おれ》にも尊重されるべき、プライベートとプライバシーがあるんです！」

「ないわよ、そんなもの」

と恐《おそ》ろしいことを言いながらも、千尋は出て行ってくれた。

開いたままのドアは自分で閉めた。

ほっと一息。

けど、本当の試練はここからだ。

無駄《むだ》とわかっていても、祈らずにはいられない。

明日までに七海の容体《ようだい》がよくなるようにと。

2

翌朝、空太の願いも虚《むな》しく、七海の体調が回復することはなかった。

腫《は》れぼったいまぶたで一階に下りてきた七海は、すでに出かける準備を整えていた。着替《きが》えを済ませ、養成所に行くときに持っている大きめのバッグを肩《かた》から下げている。

それを見るなり、当然のように千尋が止めた。

「青山《あおやま》、部屋に戻りなさい」

「どうしてですか……」

七海《ななみ》の声は喉《のど》の奥で割れて、酷《ひど》く掠《かす》れている。昨日にも増して声の調子は最悪だ。鼻声にもなっていて、ごまかしようがなかった。

「理由がわからないほど、熱で判断力が低下しているからよ」

容赦《ようしゃ》のない千尋《ちひろ》の正論にも、七海が怯《ひる》んだ様子はない。頑《かたく》なに前だけを見ている。一度でも俯《うつむ》けば、それで終わりだと体が知っているようだった。

体調のことは、本人が一番よくわかっているはずだ。何もなければ、ゆっくりと休んでいたい。でも、今日は行かなければならない。日々の成果を示さなければならないから。

「いいから、部屋に戻って寝《ね》てなさい」

「嫌《いや》です」

「青山の意思はどうでもいいのよ」

千尋が七海の腕を取ろうとする。

その寸前で、仁《じん》が千尋を羽交《はが》い絞《じ》めにして持ち上げた。

「ちょっと、三鷹《みたか》！　あんた、なにしてんの！」

「空太《そらた》、あと任せたから」

返事の代わりに、空太はバッグを持って、七海を玄関に誘導《ゆうどう》する。

「嫌だろうけど、俺《おれ》が送ってくから」

何か言おうとして、それでも七海は結局何も言わなかった。一度だけ頷《うなず》いた。

「あんたら、昨日、神田《かんだ》の部屋に集まってたのは、こういうことね！」

浮いた足を千尋がばたつかせる。

「ちょっ、ちょっと！　三鷹《みたか》～！　あんた、なに、ドサクサにまぎれて胸をもんでんのよ！」

「そりゃ、もちろん、そこに胸があるから」

「山みたいに言ってんじゃないわよ！」

千尋の叫《さけ》び声を背中に聞きながら、空太は七海を連れてさくら荘《そう》を出た。

すると、前の通りに白のミニバンが滑《すべ》り込《こ》んでくる。ピカピカの新車だ。

「こーはいくん！　乗って！」

運転席には美咲《みさき》。

「は？　先輩《せんぱい》、なにやってんの⁉」

確かに、移動手段は美咲に任せた。

けど、タクシーを手配してくれるんだと思い込んでいた。

なんで、美咲がハンドルを握《にぎ》っているのか。

状況が理解できないままに、七海と並んで後部座席に座る。音もなくやってきたましろがちゃっかり助手席に乗り込んでいた。

ドアを閉めると、美咲が車を出す。仁を振り切った千尋が後ろから追いかけてきたが、一瞬《いっしゅん》にして距離は開いて、角を曲がったところでその姿は見えなくなった。

「えっと……先輩《せんぱい》、免許は？」

「取ったよ」

「いつ？」

「う～んとね、あっという間に」

「ちゃんと説明してください！」

この車が安全なのか、不安になってくる。一応、走行は安定しているし、法定速度も守って走っている。カーナビの指示通りに、目的地を目指しているようだが、ハンドルを握っているのは、なんせ、宇宙人の美咲《みさき》だ。どうしても不安は付きまとう。

「う～んとね～、あ～、あの頃《ころ》だ。こーはいくんがましろんと冷戦状態で、なんかフラれたみたいにテンションが低かった悲しみの六月」

悲しみの六月なんて、おかしなタイトルをつけられるのは心外だったが、確かにあの頃《ころ》は余裕が全然なくて周囲なんかまったく見えていなかったと思う。

美咲が教習所に通っているのに気がつかなくても仕方がない。

「じゃあ……この車は？　レンタカー？」

「買っちゃった」

「いくら？」

「キャッシュでどーんと一括払いの三百万くらいだったような……なかったような？　よく知らない。その辺の手続きは全部仁《じん》がやってくれたから」

「そうですか。もういいです」

日本の法律では十八歳になれば普通免許を取得できるのだ。美咲は六月に十八回目の誕生日を確かに迎《むか》えている。

七海《ななみ》は体が辛いのか、じっと目を瞑《つぶ》ったまま動かない。

少しでも無駄《むだ》な体力を使わないようにしているのかもしれない。

少しでも体調がよくなるように休んでいるのかもしれない。

そう思うと、空太《そらた》は自然と口を閉ざした。今は七海の邪魔《じゃま》をしない方がいい。

車は国道に出ると、さらにスムーズに進んだ。

一時間ほど走ると、車は都内の雑居ビル群に迷い込み、急に美咲がきょろきょろとしだした。

「まさか、迷子？」

「違《ちが》うも～ん。この辺なんだも～ん！」

その証拠にカーナビが『目的地の近くです』と報告してくれた。

「青山《あおやま》、着いたみたいだぞ」

七海がゆっくりと目を開ける。

多少は眠《ねむ》れたのか、寝起《ねお》きのぼんやりした顔だ。それでも、瞳《ひとみ》の奥には意思の光がある。やるべきことに集中している目だ。心は折れていない。

「ここでいいのか？」

「……うん。あとはひとりで平気」

ドアを開けて七海《ななみ》が車から降りる。足元はふらついている。少しも平気じゃない。けど、ここから先は手助けできない。中間発表会に臨《のぞ》むのは七海であって空太《そらた》じゃない。

だから、車の中から見送った。

がんばってこいと、声はかけなかった。かけられなかった。できることなら、がんばってほしくない。さっさと体のことを考えてベッドで休んでいてほしい。

七海は歩道を十メートルほど進んだところにある五階建てのビルに入っていった。

「レッスンスタジオってこんな場所にあるんだね～」

雑居ビルが立ち並ぶごくありふれた景色。すぐ近くにはコンビニもあるし、その上は普通の住宅のようだ。

「車、向かいの駐車場《ちゅうしゃじょう》に入れちゃうね」

美咲《みさき》がウインカーを出して、再び車を走らせる。

慣れた感じで時間幾《いく》らの駐車場に止めた。

走るのをやめた車の中はやけに静かだった。

「どれくらいかかるの？」

そう言ったのは助手席のましろだ。車に乗ってからはじめてしゃべった。

「普段のレッスンは三時間だって言ってたけど、今日はどうだろ。早いのかもしれないし、遅《おそ》いのかもしれないし……わかんね」

「そう」

こうして車の中に三時間はしんどい。沈黙は息苦しい。かと言ってバカ話で盛り上がれる雰《ふん》囲気《いき》でもない。

「椎名《しいな》、本屋行くか？」

「いい」

「店に並んでるの見たくないのか？」

「だいじょうぶ」

「……って何が？」

「この先、何度でも発売日は来るもの」

空太は口を開けたまま、返す言葉をなくした。

確かにましろならやってのけるだろう。連載を勝ち取れば、毎月発売日はやってくる。それを宣言《せんげん》できるのがましろなのだ。

ダメだったときの予防線なんか張らない。常に有言実行。ましろが本当にすごいのはこういうところだ。

「そっか」

「そう」

だが、今日のましろは普段と少し違う。揺《ゆ》らがない意思の塊《かたまり》みたいな存在なのに、助手席で小さくなっている。

「ねえ、空太《そらた》」

「なんだよ」

「わたしのせいだよね」

「ん？」

「七海《ななみ》、疲《つか》れてたのかな」

「違《ちが》うよ」

なんの根拠《こんきょ》もなかったけど、空太は言い切った。

慣れないさくら荘《そう》にやってきて、ましろ当番をやりながら、バイトと養成所に明け暮れる日々を選んだのは七海だ。きっと、七海はましろのせいだなんて思っていないし、色々な状況が重なって、運悪くこのタイミングで体調を崩したに過ぎないことくらいわかっている。

「あやまらないと」

「やめとけ。きっと怒るぞ」

ましろの罪悪感が本物であったとしても、それを七海は自分への同情としてしか受け取らないだろう。そんなすれ違《ちが》いで誰《だれ》かが傷付くのは見たくないし、虚《むな》しいだけだ。

それきり、誰もしゃべらなくなった。

車の中で二時間ほど待機していると、ばらばらと養成所のビルから人が出てきた。全部で三十人くらいだろうか。最後に、七海が出てきた。

気づいた空太はすぐに外に出て、迎《むか》えに行く。だが、少し手前で立ち止まった。

七海が誰かと話している。いや、一方的に同い年くらいの女子に何か言われていた。

声は聞こえなくても、責められているのは見てわかった。何度も、七海がごめんと謝っているのを見て、いたたまれない気持ちになって飛び出してしまった。

「青山《あおやま》、もう帰ろう」

七海と話していた女子が、不機嫌《ふきげん》な顔を向けてきた。七海の表情もさらに曇《くも》った。

「なんですか、あなた。七海の彼氏？」

特徴的な甘い声。長いまつげ。人形のように小さな顔。ただ、そこに立っているだけで、不思議と華《はな》やいだ雰囲気《ふんいき》があった。けど、ぶつけてくる感情は、槍《やり》のように尖《とが》っていて、可愛《かわい》げなんてどこにもない。

「青山を迎えにきただけで、彼氏じゃないけど」

「いい身分ね」

その言葉は七海《ななみ》に向けられた。

「悪いけど、言いたいことは今度にしてくれないかな？　青山《あおやま》、今日は体調悪いから」

「知ってますけど、なんにでも今度があるとは限らないじゃないですか」

「ごめん……ほんとに、ごめん、桃子《ももこ》……」

「なによ、悪いのは七海なのに、どうして………もう、いい！」

二本に結わいた髪を揺《ゆ》らしながら、桃子と呼ばれたその子は走り去っていった。

「神田《かんだ》君もごめん……」

「いいから、帰ろう」

七海を支えながら車に戻《もど》る。

後部座席に七海を座らせて、空太《そらた》も乗り込んだ。

「じゃあ、帰ろう～！」

美咲《みさき》が明るく振舞っても、走り出した車内は、重苦しい静寂に包まれていた。

シートに深く身を預けた七海の容体《ようだい》は明らかに悪化している。解熱剤《げねつざい》が切れて、熱が上がってきたのかもしれない。

緊張《きんちょう》の糸が切れて、七海が体調の悪さを隠《かく》そうとしなくなったせいかもしれない。

荒い呼吸が耳元をざわつかせる。時折咳《せ》き込んで、背中を丸めている。

熱で辛い体。喉《のど》は痛い。鼻は詰まって苦しい。だが、七海の表情を沈ませているのが、そうした症状の悪化でないことが、空太にはわかっていた。中間発表会が望まぬ結果に終わったのだ……。

かける言葉などひとつもない。

美咲は運転に集中し、ましろは真《ま》っ直《す》ぐに前を見ている。空太は流れていく景色を、早くさくら荘《そう》に着けと願いながら眺《なが》めているしかなかった。

そんな中、長い沈黙を破《やぶ》ったのは七海だった。

真っ直ぐ伸びた国道を行く途中で、

「……ごめんなさい」

と消えそうな声の関西弁で言ってきた。

「さくら荘に着くまで寝《ね》てろ」

まともに答えない方がいいと思った。こんなときに何かを考えても、出てくる答えはどうせ全部ろくでもないものに決まっている。

「迷惑かけてもーて……ごめんなさい」

それでも、七海はしゃべるのをやめなかった。標準語を忘れ、掠《かす》れた声を出されるたびに、なんだか切ない気持ちになる。普段はもっと澄《す》んでいて、芯《しん》のはっきりした声音をしている。その大事な部分が全部剥《は》がれ落ちた今の七海は、自信まで失って、別人のように弱々しく見えた。

「いいから、今はいいからさ」

「いいわけあらへん……ウチ、みんなに迷惑かけて……」

「だからいいんだって」

「神田君《かんだ》もゆーてたやん……無理やって、無茶やって……意地張るなって……」

感情に操られた七海《ななみ》には、何を言っても無駄《むだ》だった。空太《そらた》の声なんか届いていない。

「勝手に色々抱《かか》え込んで……全然あかんかった。せっかく連れてきてもろーたのに……。なんもできひんかった……」

「青山《あおやま》……」

「体は動かへんし、声もでーへんし……。先生には体調管理もできないのかって、怒鳴られるし……なんも言い返せへんし……養成所のみんなにも、桃子《ももこ》にも迷惑かけてもーて……ウチ、最悪やあ、最低やあ……」

後悔が七海を塗《ぬ》り潰《つぶ》していく。実力を出し切れなかった悔《くや》しさ。日々の努力が無駄に終わった虚《むな》しさ。今日という日は今日しかなくて、それが終わってしまったことへのやり切れなさ。それら全部を集めても敵《かな》わないほどに巨大化した不甲斐《ふがい》なさが七海を押し潰そうしている。

「今日のために準備してきてん……それ台無しにしてもーて、こんなん意味あらへん……こんなことのためにやってきたんとちゃうのに……ちゃうんねん、ほんまに……もっと、ちゃんとやれる思うててん……思うてけど……ほんま、アホや……ウチはアホやあ……」

ひたすらに自分を責めることしかできない七海を見ているのは辛かった。隣《となり》で聞いているだけで、言葉が、感情が、体に擦《す》り傷《きず》を作っていく。

そうやって、七海は自分で自分を傷つけているのだ。他に許される術《すべ》を知らなくて……。

そんなのは悲しすぎる。意味がないなんて、言わせたくはなかった。

「いいんだよ、青山。俺《おれ》の言葉なんか無視したって」

「いいわけあらへん！　そんなんやめてよ……そんなん言わんといてよ。バカな女やって笑ってよ……でないとウチ……惨《みじ》めやないの……」

「そんな風に言うなよ、思うなよ。青山がバカだったら、世界中がバカになっちまうだろ。なんだよ、それこそふざけんな！」

「……神田君」

他人に厳しくて、自分にはもっと厳しい七海の姿を知っている。学校の成績もよくて、先生からも信頼されて、生活費や養成所の授業料をバイトして稼《かせ》いで……これほど自立している同級生を、空太は知らない。しっかり者の優等生。それが青山七海だ。

だけど、それは勘違《かんちが》いだったのかもしれないと、空太は今になって思っていた。

七海は何でも要領よくこなせるから、大概のことは平均点以上にやってのけてしまう。それが負担になってないなんてことはなくて、ちゃんとやれているのは、そうあろうと常に心がけて努力をし続けてきた結果なんじゃないのかと。

適当にやってなんでもやれてしまう人間なんかそうはいない。

すべてはやりたいことに全力で打ち込むため。誰《だれ》にも文句を言われないよう、七海《ななみ》は強い自分を演じるしかなかった。

前に仁《じん》が言っていた。七海への印象が空太《そらた》とは違うと。きっとそれはこういうことだったんだろう。

親の反対を押し切って大阪から出てきた七海は、今日までの約一年半の間、いつも何かと戦っていたんだ。たったひとりで虚勢《きょせい》を張って、それをひた隠しにしながら……。無理を無理だと認めてしまった瞬間《しゅんかん》に、がんばれなくなってしまう気がしていたから。一度でも甘《あま》えを許すと、何度でも甘えてしまいそうだったから。誰にも頼《たよ》らずに意地を張るしかなかった。自分の中の弱虫が目を覚ましてしまわないように……。

でも、そんな無茶がいつまでも続くわけがなくて、今日、言い訳が利《き》かない形で七海は敗北した。

「青山《あおやま》はがんばってるよ。それは俺《おれ》たちがよくわかってるから」

「なんで……なんで、そんなんゆーの。そんなん言われたら、ウチ……もう……だって……そんなんずっと……ゆーてほしかってん……」

七海の目から大粒の涙《なみだ》が零《こぼ》れ落ちた。

まだ何か言っていたけど、七海の声は言葉になっていなかった。嗚咽《おえつ》をもらしながら、何度も何度も七海は目元を擦《こす》り、鼻をすすり上げていた。

ぼろぼろの泣き顔を見ないように、空太はじっと前だけを見た。車が流れていく。美咲《みさき》もましろも何も言わない。

涙を堪《こら》えようとする七海が、空太の手の甲《こう》に、熱を持った手を重ねてきた。驚《おどろ》いたのは一瞬《いっしゅん》だけだった。どうすればいいのかは、不思議と体が知っていた。空太は手を裏返して、七海の手を包み込むようにしっかりと握《にぎ》った。応援するような気持ちを込めて。大丈夫だと背中を撫《な》でるような想いで。がんばっているからと伝えるつもりで……。

小さな子供のように声を詰まらせながら、七海が遠慮《えんりょ》がちに握り返してくる。空いている方の手で、一途《いちず》に涙を拭《ぬぐ》いながら……。

それから、さくら荘《そう》に帰り着くまで、七海が必死に泣き止もうとするのを、空太は耳だけで聞いていた。

3

美咲が運転する車がさくら荘に到着したとき、七海は空太の肩《かた》に身を預けるようにして、疲《つか》れて眠《ねむ》っていた。起こさないように抱《かか》えて寮内《りようない》に運び、二階の部屋に寝《ね》かせた。

着替《きが》えは鬼《おに》の形相《ぎょうそう》で待ち構えていた千尋《ちひろ》を拝み倒《たお》して頼《たの》んだ。

その後、空太《そらた》、仁《じん》、美咲《みさき》、ましろの四人は、ダイニングで二時間ほど千尋から説教を受けた。その中身は殆《ほとん》ど愚痴《ぐち》のようなもので、さくら荘《そう》の担当教師がいかに面倒《めんどう》かを長々と聞かされた。途中からは、最近、合コンの誘《さそ》いが減ったとか、同級生たちが次々と結婚していくだとか、もはや、なんの話だよとツッコミたくなるような内容だったけど、一応、反省している素振《そぶ》りを見せるために、大人《おとな》しく聞いた。

あとになって知ったのだが、空太たちの分も、さくら荘に残った仁がひとりで説教を受けてくれたらしい。だから、どうでもいい話しか残っていなかったのだ。その仁はというと、千尋から解放されてすぐに、OLの留美《るみ》さんが待つマンションへと出かけて行ってしまった。

七海《ななみ》は夜になっても目を覚まさず、一時間おきくらいに空太が部屋を訪《おとず》れても、ずっと眠《ねむ》ったままだった。その傍《かたわ》らには、ましろが座っていて、なんと声をかけても側《そば》を離れようとはしなかった。

ましろなりに、罪《つみ》の意識を感じていたんだろう。

「椎名《しいな》、もう休め。十二時過ぎたし」

「いい。ここにいる」

「お前が体調崩したら、青山《あおやま》が責任感じるんだよ」

「わたしはだいじょうぶ」

「……わかった。じゃあ、青山のこと頼《たの》む。目が覚めたら教えてくれ」

「うん」

　翌朝、空太はひかりの尻《しり》のぬくもりを顔面に感じて眠りから覚めた。

「最悪の朝だな」

　体を起こすなり、部屋を出て洗面所に向かう。顔を洗って、寝癖《ねぐせ》を直す。エサを要求してくる七匹《ひき》の猫《ねこ》と一緒にダイニングに顔を出した。

　奥のキッチンには仁が立っていて、コンロに載《の》せた一人用の土鍋《どなべ》の具合を見ている。服装は昨日のまんまだ。どうやら、朝帰りをした直後らしい。

　空太に気づいた仁が、おはようさんと軽く声をかけてきた。

　猫にエサをやりながら、空太はぐつぐつと音を立てる土鍋の様子を覗《のぞ》き込《こ》んだ。

「なんすか、それ？」

　仁が土鍋のふたを持ち上げる。湯気《ゆげ》が視界を覆《おお》うと、美味しそうなカツオ出汁《だし》の香りが鼻腔《びこう》をくすぐってきた。

　中身はシンプルなおかゆだ。

「なんか食べさせた方がいいだろ？」

　言いながら仁が二階に目を向け、コンロの火を止めた。木製のお盆に、土鍋とレンゲ、それに梅干《うめぼし》を載せた小皿を置くと、空太《そらた》に差し出してきた。

「食べさせてこい。俺《おれ》はもう寝《ね》るから」

仁《じん》はあくびをしながら部屋の方へと消えてしまった。

止める間もない。

他に頼《たの》める相手もいない。残念ながらダイニングには空太と猫しかいなかった。

お盆を持つと、空太は慎重な足取りで階段を上った。

七海《ななみ》の部屋の前に来ると、ドアがかすかに開いているのに気づいた。大方、ましろが閉め忘れたのだろう。

その隙間《すきま》から声がもれてくる。

「ねえ、虎次郎《とらじろう》……ウチ、どないしよー」

これは七海《ななみ》の声だ。

誰《だれ》と話しているんだろうか。七海はケータイを止められている。となれば、電話という可能性はないはずだ。虎次郎とは一体誰だ。

『そんなん、俺が知るかぁ。自分で蒔《ま》いた種くらい、自分で始末せんかい』

相手も関西人のようだ。

ただ、この声も七海のような気がする。男の子っぽくしゃべってはいるが、風邪《かぜ》で鼻声になっているせいもあって、間違《まちが》いようがない。

「せやけど、さすがに昨日のは、恥《は》ずかしいちゅうか……」

『あほか、ボケ。家賃《やちん》滞納しとる方がよっぽど恥ずかしいわ。今さらなにぬかしとんのじゃ』

一体、何が起こっているのか。

気になったので、空太は隙間から部屋を覗《のぞ》き込《こ》んだ。

「だって、神田《かんだ》君に、ひどい泣き顔見られたしぃ。そんあとのこと、よう覚えてへんもん。たぶん、寝顔も見られたんとちゃう？　あ～、もう、ウチのアホ……」

『無防備に寝顔晒《さら》したお前が悪い。襲《おそ》ってくれゆうとるようなもんやな』

ベッドに七海が座っている。パジャマ姿だ。話し相手の姿はない。足元に覆《おお》いかぶさるようにして、ましろが眠《ねむ》っているだけだ。

「な、なにゆーてんのよ！」

『じれったいこといゆーとらんで、さっさと押《お》し倒《たお》せや』

七海が顔を突き合わせているのは、虎《とら》の抱き枕《まくら》だ。

「あれが虎次郎かよ……」

普段の癖《くせ》で、ツッコミを入れてしまった。

「え？　だ、誰《だれ》かおるん!?」

「あ～、え～っと、青山《あおやま》、起きてるか？」

「起きてるけど……」

「神田《かんだ》だけど、開けてもいいか？」

「う、うん……どうぞ」

空太《そらた》は物音を立てないようにしながら、ベッドの脇《わき》まで移動した。

七海《ななみ》は虎《とら》の抱き枕《まくら》に顔を半分埋めた状態で、探るような目を空太に向けてくる。

「……今の、聞いてた？」

「まさか、抱き枕にしゃべる機能が搭載されているとは思わなかった」

七海は完全に枕に顔を埋めた。耳や首が赤くなっている。

それから、目だけで空太を見て、

「誰《だれ》にも言わんといてな？」

と、約束を迫ってきた。

素直にうんと頷《うなず》いておく。虎次郎《とらじろう》も睨《にら》んでいることだし。ただ、この様子だと、はじめてやったわけではなさそうだ。

話題を変えようと、持ってきたお盆を前に出した。

「食べられる？」

見たところ、昨日よりだいぶ調子はよさそうだ。

「うん。実は……お腹空《なかす》いてて」

昨日、一昨日《おとつい》と殆《ほとん》ど何も口にしていないのだ。それも当然だろう。

「神田《かんだ》君が？」

「いや、仁《じん》さんが」

「三鷹先輩《みたかせんぱい》は？」

「これ作って、俺《おれ》に押《お》し付《つ》けて、さっさと寝《ね》た」

おかゆのお盆を空太《そらた》が差し出す。だが、何を思ったのか、七海《ななみ》は苦笑いをするだけで受け取ろうとはしない。

「えっと、食べたいのは山々なんだけど……」

七海の目線の先を追っていくと、ましろの両手に捕らえられた七海の右手があった。

「なんか、一晩中、握《にぎ》っててくれたみたいで」

照れくさいのか、七海は小声になって俯《うつむ》いた。何気《なにげ》にうれしかったのかもしれない。

「椎名《しいな》ってなに考えてるか、全然わかんないんだけどさ、青山《あおやま》のこと心配してたみたいだし、責任も感じてたみたいだぞ」

「そんなの感じる必要ないのに」

「それに、青山のこと一番わかってたのも、椎名だったしな」

「どういうこと？」

「椎名が言い出さなきゃ、俺、青山を止めてたよ」

「養成所に行くのを？」

「ああ。あの熱じゃ当然だろ？　けど、椎名は自分なら絶対に行くから、連れて行ってあげたいって。俺や仁さん、美咲《みさき》先輩に頭まで下げたんだぞ。お願いって。青山が、すげえがんばってるのを、ずっと見てたんだな……」

「そう……だったんだ」

「それで気が変わって、青山の意思を尊重しようって決めたんだ」

「だったら、感謝しないとね。発表会は全然ダメだったけど、行ってよかったと思ってる。ここで寝てたら、たぶん、後悔《こうかい》を引きずったから」

「そっか」

「うん……すごいな、椎名さんは。やんなっちゃうくらいに強い。私なんかよりも、ずっと努力もしてるし……」

悔《くや》しそうに七海が奥歯を噛《か》み締《し》めているのがわかった。自分の努力が、ましろの域《いき》には達していなかったと痛感しているのだ。

「毎日遅くまで漫画《まんが》作って……私がもう寝たらって声かけても聞こえてなくて……」

「俺んときもそうだったよ。集中してると無視されんだ」

「何度も直して、描《か》き直してを繰り返してた。上手《うま》く行ってないのは、後ろから見ててもわかったし、それでも、椎名さんは途中で投げ出したりはしないのよ」

「そうなんだよな」

「朝起こしにいったら、まだ描《か》いてる日もあったんだよ？　とことんやるのは当たり前って顔してるの。あれには驚《おどろ》いたな。私、才能ある人は努力なんてしないんだと思ってた。それが天才なんだって勘違《かんちが》いしてた。椎名《しいな》さんを知るまでは」

「俺《おれ》もだよ」

「じゃあ、才能に追いつくにはどうすればいいんだろうね」

答えを持たない空太《そらた》は押《お》し黙るしかなかった。でも、それでいいと思えた。たぶん、七海《ななみ》は答えを教えてほしいわけじゃない。いつか自分でたどり着きたいと考えているはずだ。

「焦ってたんだろうな、私……。そんな簡単に、椎名さんみたいにはなれないのに」

七海が空《あ》いている方の手でましろの髪《かみ》を撫《な》でる。すると、猫《ねこ》のように喉《のど》を鳴らしたましろの手から力が抜けた。七海は数時間ぶりに解放された右手を、しばらくじっと見つめていた。その顔はつき物が落ちたように晴れやかだ。

「こんなに心配されたら、私の方が責任感じちゃうわよ」

七海の呟《つぶや》きに、空太はなんだかほっとした。昨日までの七海は、どこかさくら荘《そう》の住人っぽくなかったけど、今の七海は一緒《いっしょ》に暮らす仲間という感じがしたから。

再度差し出したお盆を七海が受け取る。

それから、いただきますと言って、レンゲですくったおかゆを口に運んだ。

口を開けた七海が、横目で見てくる。

「あんまり、見ないでよね」

「わ、悪い」

空太は慌《あわ》てて、視線を部屋に逃がした。

「部屋もよ」

仕方なく、空太は七海の足元に覆《おお》いかぶさるましろを見た。

「椎名さんの寝顔《ねがお》もダメ」

これでは八方塞《はっぽうふさがり》だ。やはり、弱っていても七海は七海だ。その方がいい。主導権をぐいぐい引っ張っていくくらいが丁度いい。

「出て行けってこと？」

「そこまでは言ってないけど、ちょっと離れてくれるとうれしいかも」

「何気《なにげ》に傷付くな……」

ベッドを離れて机の椅子《いす》に座った。

「だって……お風呂《ふろ》、入ってないし……」

「ん？　何か言った」

「おかゆ、美味《おい》しいって言っただけ」

「そりゃよかった。仁《じん》さんの料理は美味《うま》いんだよ。食欲が出てくれば、もう大丈夫だな。たくさん食えよ」

七海《ななみ》が上目遣《うわめづか》いに空太《そらた》を睨《にら》んでくる。

「食べ過ぎたら太るでしょ」

言いながらも、七海は黙々とおかゆを流し込んだ。本当にお腹《なか》が減っていたらしい。

そして、十分とかからずに、土鍋《どなべ》は空《から》っぽになった。七海が食後の薬を飲む傍ら、空太は受け取ったお盆を机の上に置いた。

そのとき、七海が背中から声をかけてきた。

「……ごめん」

「なんだよ、ごめんって」

「迷惑かけたでしょ……昨日は。上井草先輩《かみいぐさせんぱい》に車まで出してもらったし、三鷹《みたか》先輩にも先生止めてもらって……。神田《かんだ》君も……その、色々と心配してくれてたのに、私、全部ひとりでやれるなんて言い張って……結局、この有様《ありさま》だし……」

「美咲先輩や仁《じん》さんがどうかはわかんないけど、俺《おれ》は青山《あおやま》にそんなこと言ってもらうために、何かをしたり、何かを言ったわけじゃないよ。昨日だってそうだ」

「……それ、許さないってこと？」

自信をなくした目で、七海は困ったようにしている。

「違《ちが》う。許すとか許さないとか、そういうんじゃなくて最初からそんなこと気にしてないっていうか……」

「よくわからない」

「俺、思うんだよ。そりゃ、どんなこともひとりでぱっぱと片付けられたら、かっこいいし、そういうのが大人《おとな》になるひとつの方法なのかもしれないけどさ。得意とか苦手とかあるし、ヒマだったり、忙《いそが》しかったりは人それぞれ違うんだから、そういうのを認めて、さくら荘《そう》全体がいい感じに回るところを見つけて、うまいことやっていけばいいんじゃないかって」

「…………」

空太を真《ま》っ直《す》ぐに見つめたまま七海は何も言わない。

「一緒《いっしょ》にいるんだから、大変なときは頼《たよ》れよ。じゃないと、なんか、俺は寂《さび》しいよ」

「……うん」

「そういう方が、いいと思うんだ」

「神田君」

「なんだよ」

「言ってて恥《は》ずかしくない？　私は聞いてて死ぬほど恥ずかしいよ？」

「そういう感想は胸にしまっておいてくれ！」

真っ赤になった顔を空太は背《そむ》けた。意味もなく窓の外を見て、どうにか落ち着こうとする。

そんな空太の背中に、七海の言葉は不意打ちとなった。

「ありがと」

驚《おどろ》いて振り向くと、しおらしく俯《うつむ》き加減の七海《ななみ》がいた。珍しくて見惚《みと》れてしまう。

「だから、ありがとって言ったの。二度も言わせないでよ」

「お、おう」

「なによ」

「青山《あおやま》って、いつもこんな感じだったっけ?」

「もう……そういうこと言う神田《かんだ》君は嫌《きら》いです」

唇《くちびる》を突《つ》き出して、冗談混じりに七海が拗《す》ねてみせる。ある意味素直というか、女の子らしさが前面に出てきて、空太《そらた》はどきっとしてしまった。

「あ、いや、うん……大丈夫だ!」

動揺《どうよう》を鎮《しず》めようと大声を出したせいで、ましろが目を覚ました。瞑《つぶ》った目を、二割くらい開けて、周囲の様子を窺《うかが》っている。

「あれ、七海?」

「おはよう、椎名《しいな》さん」

「もういいの?」

「うん……ちょっと熱っぽいけど、だいぶ楽になった」

「そっか、よかった」

「椎名さんのおかげかな」

それから、よしっと掛け声を上げると、七海は空太に向き直った。その目が何かを語っている。

「神田君に相談があるんだけど」

「ん？」

七海が横目でましろを見た。それで、だいたいの用件はぴんと来た。

「『ましろ当番』のことなんだけど……ごめん、正直に言うと、続けるのは無理だと思う……。九月からは二学期もはじまるし、そうなったら、学校、バイト、養成所……他の当番のことも考えると、とても回せそうにないから」

「わかった。俺《おれ》がやるよ。今日、さくら荘《そう》会議で交代するから」

「うん……」

そうせざるを得ない状況だから仕方がない。やると宣言《せんげん》した途端《とたん》に、空太はひとつの不安要素を思い出した。

例の手紙の件だ。まだ、自分の中ですっきりする落とし所を見つけていない。

今後、ましろとの接点が増えれば増えるほど、払拭《ふっしょく》できない気持ちの悪さに振り回されることになる。

「あ、いや、やるのはいいんだけど、そのちょっと問題が……」

「その点は大丈夫だよ。すぐに解決するから」

「へ？」

七海《ななみ》が片目を瞑《つぶ》って合図してきたが、その意味が空太《そらた》にはさっぱりわからない。

そんな空太をよそに、七海はましろに向き直った。

「ねえ、椎名《しいな》さん」

「なに？」

「前にイギリスから来た手紙の人だけどさ」

「アデルね」

「うん。そのアデルさんって、椎名さんとはどういう関係なの？」

「ちょっと待った！」

と口を挟《はさ》んだところで、今さら話は止まらない。

「アデルは絵の先生よ」

さらに七海が質問を続ける。

「歳《とし》はいくつなの？」

「七十歳《さい》」

「は？」

間抜《まぬ》けな音が、空太の口からもれた。

七海は悪戯《いたずら》っぽい笑《え》みを浮かべている。たぶん、前から知っていたのだ。

「だってさ。これで問題は解決した？」

「な、なんで俺《おれ》に言うんだよ」

「さあ？　どうしてだろ？　これで貸し借りはなしだからね」

「だから、貸しとか借りとか、そういうのは別に……っていうか、なんでわかった？」

七海に話しかけながら、ましろの様子を横目に映すと不思議そうな目で空太を見ていた。

「毎朝、勉強会で顔を合わせていれば、なんか様子がおかしいな～ってことくらいは気づくと思うよ？　時期を照らし合わせれば、まあ、それくらいしか理由思い当たらないし」

「青山《あおやま》は探偵《たんてい》か！」

「その反応は大正解だったみたいね」

「いや、違《ちが》うんだ！　そうじゃない！」

何かを認めるような発言をしていたことに今さら気づいて、空太は必死に弁解をする。

「別に、私は何がどうとかは言ってないよ？」

完全に手のひらの上で転がされている。なんだかそれはそれで悔《くや》しくもあったけど、七海が復活してきている証拠でもあるので、今はそれでよしとすることにした。

「椎名、なんでもないからな」

「なにも言ってないわ」

「お、おう。そうだったな。それならいいんだ。うん、いいんだ」

ましろが首を傾《かし》げる。

「神田《かんだ》君は手紙が気になってたみたいだよ」

「あ～っ！　なんてことを言うんだ青山《あおやま》！」

「空太《そらた》も手紙ほしいの？」

「違《ちが》うわ！」

「いいじゃない、もらっておけば」

七海《ななみ》の瞳《ひとみ》が意地悪く光っている。

「わかった。今度書くわ」

「お、おう……」

なんだか、妙《みょう》に疲《つか》れた。本当のところをましろはまったく理解していないようだが、今はそれでよくても、これから先のことを思うと素直に喜ぶ気にはなれない。

ましろはそんな空太の気など知る由《よし》もなく、眠《ねむ》そうな猫《ねこ》のようにあくびをしていた。

「椎名《しいな》さん、私はもう大丈夫だから、部屋で休んで」

その七海をじっとましろが見つめる。

「な、なに？」

「ましろ」

「え？」

「七海には、名前で呼んでほしい」

「いつものことだけど、いきなりね……」

七海が戸惑うのも当然だ。何の脈絡《みゃくらく》もなくましろは突然言い出すのだから。

「でも、うん、わかった、ましろ。私も最初から呼び捨てにされてるしね」

それに気をよくしたのか、ましろは七海のベッドに身を預けてそのまま眠ろうとする。

これまた当然のように、

「自分の部屋で寝《ね》て！」

と七海の指摘《してき》が飛ぶのだった。

この日、空太が招集したさくら荘《そう》会議の席で『ましろ当番』の交代が正式に決まった。新しい担当者は神田空太。その他の当番も七海の状況を考慮《こうりょ》し、負担を改善した新体制がしかれることになった。

――『ましろ当番』が青山七海から神田空太に戻《もど》りました。その他の当番は、当番表を参照。なんか、俺《おれ》の負担が増えた気がするのは気のせいだよね？　書記・神田空太

――現実逃避ばかりしていると、夢から覚めなくなっちゃうぞ！　追記・ついに議事録にも対応したメイドちゃん

――神田君、当番、よろしくお願いします。色々とごめんなさい。ひとつ言い忘れたのでこ

こに書いておきます。ましろに変なことしたら承知《しょうち》しないからね！　追記・青山七海《あおやまななみ》

4

日に日に七海の体調は回復し、二日後の二十四日になると、午後からアイスクリーム屋のバイトにも出かけていった。少し心配ではあったけど、倒《たお》れた直後で同じミスをするような性格でもないだろうと仁《じん》に言われ、七海の『大丈夫』を空太《そらた》は信用して送り出した。

そして、気がつけば今日はもう二十六日。夏休みも残すところ一週間。素敵な思い出作りができたかと言われると、果たしてどれを答えたものか迷うのが実状だ。

企画オーディションへのエントリーが一番の成果ではあるけど、他人に聞かせるにはインパクトに欠く。

かと言って、先日、美咲《みさき》にたこ焼きを食べに行こうと言われ、ほいほいと車に乗り込んだ結果、八時間かけて大阪まで連れて行かれたことや、ラーメンを食べに行こうと誘《さそ》われて、羽田《はねだ》から新千歳《しんちとせ》に飛ばされ、電話をかけてきた千尋《ちひろ》から、

「神田《かんだ》、あんた今どこ？　は？　札幌《さっぽろ》？　だったら、夕飯はカニね。よろしく」

などと言われて、一杯のラーメンを食べ、三杯のカニを買って日帰りしたことなんかを話すと、ドン引きされそうなので、注意しなければならない。実質、札幌滞在は一時間程度だった。

なんて贅沢《ぜいたく》な旅だったんだろうか。北海道初上陸だったのに。

昨日はちゃんぽんを食べに行こうと誘われたのだが、長崎に連れて行かれることがわかっていたので、それは丁重にお断りした。代わりに、倒れて以降、バイトのシフトを減らした七海が生贄《いけにえ》として美咲に捧《ささ》げられ、帰ってきたときには、なぜだか空太が怒られた。

もっと普通の思い出がほしい。海に行ったとか、山に行ったとか、彼女ともごもごとか……本来そういうのが健全な夏のイベントのはずなのだ。

まあ、さくら荘《そう》の場合、常時合宿状態なので、ある意味においては常にイベントフラグ立ちまくりなわけだが、それはそれとして、物足りなさを感じてしまうのだから仕方がない。

夕食を前に、ダイニングテーブルに空太は突《つ》っ伏《ぷ》した。隣《となり》の席では、ましろがクロッキー帳にネームを描《か》いている。そう言えば、昨日、漫画《まんが》雑誌の編集さんがこのさくら荘にやってくるという出来事があった。

なんでも、打ち合わせがてら、ましろの仕事場風景を見に来たらしい。

ましろが名前をよく出すので、綾乃《あやの》という名は知っていたけど、姿も声も、苗字《みょうじ》を知るのもはじめてだった。フルネームは飯田《いいだ》綾乃。穏《おだ》やかな笑《え》みがよく似合う、おっとりとした女性だった。年齢は二十六歳。これは仁が堂々と聞いていた。身長は165センチ、スリーサイズは88・59・85と大変すばらしいものをお持ちで、仁はいつのまにかケータイの番号まで聞き出していたから驚《おどろ》きだ。

「仁《じん》さんの頭はどうなってんですか」

「裸で抱き合うことばっか考えてるって言えばいいか？」

生まれながらのマハラジャは何をやっても許されるらしい。いつか、ほんとに刺されるんじゃないかと不安になる。

ましろの連載用ネームの進行状況は芳《かんば》しくなく、だいぶ煮詰まっているようだった。ネックになるのは、やはり感情的なドラマの欠如《けつじょ》。本人の性格が災《わざわ》いしているのか、どうしてもましろの作る物語や人物は淡白《たんぱく》で地味《じみ》になりがちだ。

それでも、綾乃《あやの》との打ち合わせで突破口《とっぱこう》は見つかったらしい。空太《そらた》の隣《となり》でクロッキー帳に鉛筆を走らせるましろはどこか生き生きとしている。さらさらと線を描《か》き、どんどんページをめくっている。

キッチンでは夕食の仕込みを仁がしていた。カウンターにぶら下がった美咲《みさき》が、何やら話しかけている。

なんでもないさくら荘《そう》の日常風景。このうだうだした時間も、空太は嫌《きら》いじゃない。

千尋《ちひろ》は朝から学校で、合コンに直行予定。帰りは遅《おそ》いと聞いている。

七海《ななみ》はついさっきファミレスのバイトから戻《もど》ってきて、今は部屋だ。

「仁さん、今日の夕飯なんですか？」

「残りもんの処理だから、今日はたいしたもんじゃないぞ」

そんなどうでもいい会話をしていると、七海がダイニングにやってきた。

その姿を見た瞬間《しゅんかん》、

「おっ」

と思わず、声が出た。

普段は寮《りょう》の中でも、きちんとした格好をしている七海が、今はジャージ姿で、眼鏡《めがね》もかけている。

全員の視線と疑問と驚《おどろ》きが集中する中、七海は改まって頭を下げた。

「少し間が空きましたけど、色々とご迷惑をおかけしました」

顔を上げた七海は、少し照れくさそうに視線を泳がせている。

「神田《かんだ》君はあんまり見ないで」

「なんで、俺《おれ》だけ!?」

「青山《あおやま》さん、コンタクトだったんだ」

キッチンから出てきた仁がさりげなく七海の肩《かた》に手を置こうとする。けど、事前にそれを察知した七海は、自然な動作でさらりとかわした。

「ななみんは真面目《まじめ》だね〜。でも、あたしはそんな眼鏡のななみんも大好きだも〜ん！」

今度は美咲が、胸に飛び込んでいった。それは避けられず、捕まった七海が床《ゆか》に押《お》し倒《たお》される。

「先輩《せんぱい》！　や、やめてください！　暑苦しいですから！」

「女の子同士なんだからいいじゃ〜ん」

構わずに、七海の胸に美咲《みさき》が顔を埋める。

「だ、だめです！　男子の目があるじゃないですか！」

「続きは部屋でする？　それともお風呂《ふろ》？」

「いい加減にしてください！」

なんとか美咲から逃げ出した七海《ななみ》だが、すでに息も絶《た》え絶《だ》えだ。対する美咲はぴんぴんしている。さすが宇宙的なエネルギーで動く宇宙人。体の作りが違《ちが》う。

「せっかくだし、今日、歓迎会《かんげいかい》やるか」

いいことを思いついたと仁《じん》が全員の顔を見る。

そう言われてみれば、七海の歓迎会はずっと保留になったままだった。

「あ、それ賛成〜！　いいよ、さすが仁だね！　ナイスアイディアだよ！　そうと決まればあれだよ！　あたし、ずっと用意していたものがあるんだよ！　ななみんの復活を待ち望んでいたんだよ！　ついにこの日が来たんだね！　約束の日が！」

と、例によって周囲を無視したハイテンションで、美咲が二階に駆《か》け上がっていく。天井から足音が聞こえてきた。そして、それはすぐに一階に戻《もど》ってきた。

再び姿を見せた美咲は、背中にサンタクロースの袋を背負っている。その中身をダイニングテーブルの上にぶちまけた。

　出てきたのは色とりどりの水着の山。三十着くらいはある。

「ななみん歓迎水泳大会を開催するんだも～ん！」

「先輩、なに言ってんの？」

「だって、よく考えてごらんよ！　あたしたち夏休みなのに海にもプールにも行ってないんだよ？　こんな干からびた夏休みは夏休みとは呼べないよ！　そうでしょ？　そうだ～！　そうだ～！」

「あ、はい……そうですね」

　七海は唖然《あぜん》としたまま固まっている。仁は、水着を漁《あさ》って、誰《だれ》にはこれが似合いそうとか動じた様子もなく勝手なことを言っている。もちろん、ましろは無反応だ。

「水泳大会は結構ですけど、もう六時ですよ？　やってるプールはないと思います」

　復活した七海が冷静なツッコミを入れる。

「学校にあるじゃん」

「うおい！　まさか、今から忍び込む気か!?」

「さあさあ、こーはいくんもななみんもさっさと準備する！」

「忍び込むなんて絶対ダメです！　ルール違反《いはん》は認めません！」

　きっぱりと七海がぶった切る。

「そうですよ！」

空太《そらた》も食い下がる。

「大海原《おおうなばら》があたしを呼んでるよ！　こーはいくんも見たいでしょ！　あたしの水着姿とか、ななみんの水着姿とか！　ましろんの水着姿とか！」

それは確かに見たいかもしれない。

「神田《かんだ》君、変なこと考えないで！」

びしっと七海が指を差して、空太を攻撃してきた。

「戦う相手を間違えるな！　美咲先輩《みさきせんぱい》のペースに巻き込まれるぞ！」

はたと七海が思い直す。

「そ、そうです！　学校のプールはダメです」

そこに、今度は仁の擁護《ようご》が入った。

「大丈夫だよ。学校に連絡してオッケーもらうから。千尋《ちひろ》ちゃん通せば、許可くらいくれるって」

「え？　ほんとですか？」

「ちゃんと理由を話せば、結構、無茶も聞いてくれるんだよ」

「で、でも、ちょっ、ちょっと待ってください！　私、水着なんて持ってませんよ」

「好きなの選んでいいよ？　これなんかどう？」

美咲が屈託《くったく》なく、ビキニの水着を七海の体に当てようとする。

「む、無理です！　そんな露出の激しいのは！」

「ななみんにはこっちの方が似合うかも！」

よりカットのきわどい水着を美咲が出した。

「こ、こっちのこれでいいです！」

せめて自分で選びたいのか、結局、七海はセパレートの水着を選んでしまい、あっさりプールに行くことは承諾《しょうだく》してしまった。

「え～、そんな地味《じみ》な水着じゃ、色気が足りないよ、ななみん！　せっかく、こーはいくんに見てもらうんだから、もっと熱くならないと！　視線を釘付《くぎづ》けにできなくて後悔《こうかい》しても知らないからね～」

「神田君と、三鷹《みたか》先輩は出て行ってください！　そ、そしたらちゃんと選びます」

もう完全に美咲ワールドに捕まっている。

「ましろんも、選んで、選んで。さあさあさあさあ！」

興味があるのかないのか、無表情でましろが水着を手に取っている。かと思うと、

「空太、選んで」

などと、とんでもないことを言ってきた。

「椎名《しいな》は俺を殺す気か！」

水着を選ぶなんて、そんな恥《は》ずかしいことできるものか。

「んじゃ、三十分後に、玄関集合で」

仁《じん》がひらひらと手を振りながら、ダイニングを出て行く。その背中を、美咲《みさき》が何か言いたそうに見ていた。

たぶん、美咲は仁に選んでもらいたかったのだろう。

色々な感情から逃げ出すように、空太《そらた》は仁を追いかけた。

部屋の前で仁を呼び止める。

「仁さん」

「ん？」

「プールの許可が下りるのって嘘《うそ》ですよね？　先生同伴で、普通の生徒なら可能性ありますけど、ここ、さくら荘《そう》ですよ」

「よくわかったな」

「おかげさまで、俺《おれ》もすっかりここの住人ですから。けど、怒られますよ、青山《あおやま》に。あいつ、真面目《まじめ》だからこういうの絶対ダメだと思うし」

「仕方ないだろ？　あ〜でも言わないと来てくれないと思ったし。ちょっとくらい砕けた方が楽だって」

「まあ、そうかもしれないけど……責任は自分で取ってくださいね」

「なに言ってんだよ。俺たち共犯だろ？」

しまったと思ったときにはもう遅《おそ》い。

「頼《たの》むぜ、相棒《あいぼう》」

余計なことを言ったと後悔《こうかい》しながら、空太は去年買った海パンをどこにしまったか思い出そうとしていた。


仁の指定した三十分を大きくオーバーして、約一時間後に空太、仁、ましろ、美咲、七海《ななみ》の五人は制服姿で玄関《げんかん》に集合した。遅《おく》れた理由は、女の子には色々と用意があるとか、そんな感じだ。

制服なのは、七海がうるさく言ってきたからだ。夏休みとは言え、学校に行くときは制服着用。そんなルールは知りもしなかったけど、生徒手帳で調べると、確かに校則にそのように書かれていた。

学校に到着したのは七時半を過ぎ、日も沈んで空は真っ暗になっている。それでも、昼間の暑さはやわらぐ気配がなく、今も蒸《む》し暑い。早くプールに飛び込みたくて、美咲などは道中ずっとうずうずしていた。

閉まっていた裏門を乗り越えて学校に入る。

「ほんとに、許可取ったんですか？」

疑《うたが》いの眼差《まなざ》しで七海《ななみ》が見てくる。

「空太《そらた》が連絡してオッケーもらってるよ」

「ああ、もちろんだとも」

仁《じん》はとことん空太を巻き込むつもりらしい。

「なら、いいですけど」

プールがあるのは体育館の脇《わき》だ。そこまで校舎《こうしゃ》の裏側を通って移動する。当然のように入り口には鍵《かぎ》がかかっているので、空太が先にフェンスを越《こ》えて内側からドアを開けた。

すると、真っ先に飛び出してきた美咲《みさき》がプールサイドを走りながら、制服を脱《ぬ》ぎ捨て、真紅《しんく》のビキニ姿になると、待ちきれんと言わんばかりに一番にダイブした。空太もそうだが、全員水着は下に着てきているのだ。

「上井草先輩《かみいぐさせんぱい》！　きちんと準備運動くらいしてください！」

飛び込み台の前に立って、七海がもっともなことを言う。

そこに美咲がす〜っと近づいてきた。

「青山《あおやま》、そこ離れた方がいいぞ」

と空太の忠告《ちゅうこく》が終わる前に、美咲がまだ制服姿の七海に水を飛ばす。顔面に直撃《ちょくげき》を受けた七海は、近くにあったビート板《ばん》を掴《つか》み、ブーメランのように美咲に投げつけた。

それを美咲が白羽取《しらはど》りで受け止める。

「甘《あま》いな、ななみん！　あたしに一撃をくれるには十年早いぞ～！」

「その言葉、覚えておいてくださいね」

七海が制服のボタンに指をかける。そこで、空太と目が合った。すると、何も言わずに更衣室へと逃げ込んでいく。

「俺《おれ》の存在がそんなに許せませんか、そうですか……」

対照的に、ましろは気にせずにボタンを外しにかかった。でも、空太と目が合うと、その手が止まる。しばらく考え込んだあとで、七海を追いかけて更衣室に逃げ込んだ。

仁は未だに制服姿のままだ。プールサイドにさくら荘から持ってきたカセットコンロを置いて、鍋《なべ》の準備をはじめている。

どういうわけか知らないが、さくら荘の歓迎会は鍋と相場が決まっている。そういう伝統らしい。

プールの中から、美咲が自分を狙《ねら》っているのがわかったので、空太はさっさとシャツとズボンを脱いだ。服を着たままずぶ濡《ぬ》れはごめんだ。

構わずに美咲が水を飛ばしてきた。空太はとぐろを巻いていたホースを取り出し、プールサイドから応戦する。

「食らえ、宇宙人！　地球は渡さんぞ！」

「なんの！　ビート板カッター！」

美咲《みさき》の投げたビート板《ばん》が、空太《そらた》の額《ひたい》に直撃《ちょくげき》した。その場にうずくまる。

そんなことをやっていると、七海《ななみ》が更衣室から出てきた。

青と白を半分ずつ使って彩られたビキニ。ボトムは二枚重ねで、ショートパンツをはくようになっているのが特徴的だ。

七海はおへそのあたりを手で隠《かく》し、少し離れた位置に立っている。

「ど、どう……かな？」

「……」

「ううん！　やっぱり、何も言わないで！」

手のひらを空太に向けて、七海は顔を背《そむ》けた。

「いいと思う。似合ってる」

「ほ、ほんまに？」

「あ、ああ」

「で、でも、上井草先輩《かみいぐさせんぱい》みたいに大胆《だいたん》なのやないし……ちゃうねん、これでも精一杯なんやけど。こんなん着るのはじめてやん？　おかしかったらどーしよーって思うてて……」

「いや、ほんと似合ってるから……関西弁出てるぞ？」

空太も相当に照れくさかったけど、七海が動揺《どうよう》しまくっているおかげで、不思議と冷静でいられた。

「そっか……よかった」

七海が安堵《あんど》したように胸を撫《な》で下ろす。

「でも、ちょっと意外」

「ん？」

「神田《かんだ》君って、そういうこと、言える人だったんだ」

「え？　いや、その……変？　おかしい？」

もう少し近くで話をしようと思って近づくと、七海は同じ距離だけ逃げた。

「……なぜ、逃げる」

「あ、あんまり近くで見るのはダメよ」

距離は五メートルほど。

「俺としてはこの微妙な距離感でしゃべる方が、なんか恥《は》ずかしいんだけど」

「な、なら、約束して！」

「何をだよ」

七海の目は、プールの中央にぷか～んと浮かんでいる美咲を見ていた。

「比べないでよ？　絶対だよ？」

「わかったから」

「それと、あんまり見ないでね」

とりあえず、七海《ななみ》の隣《となり》まで行ったのはいいのだが、話すべきことは全部話してしまったあとなので、お互《たが》いの沈黙だけが残ってしまった。

「な、何かしゃべってよ」

「そうは言っても……」

近くで見る水着姿の七海は、どこか居心地が悪そうに目を泳がせていた。

「あのさ……本当に似合ってるかな？」

「お、おう」

そう言ったところで、空太《そらた》は左手を引かれた。

何事かと思えば、遅《おく》れて更衣室から出てきたましろだ。

じっと空太の目を見てくる。

ましろの水着もビキニで、白地にオレンジのチェック柄《がら》。美咲《みさき》や七海と違うのは、ボトムに上と同じ柄のミニスカートをはいていることだ。

けど、そんな水着のデザインよりも、圧倒的《あっとうてき》な肌《はだ》の白さに目を奪《うば》われてしまう。薄明《うすあか》かりの中でも、際立ってましろの肌は白い。

無感動な目は何も語らず、ただ神秘的に空太を見ている。

「椎名《しいな》、ちゃんと、用意できたのか？」

「うん」

くるりとましろが空太の前で回った。

「おかしいところある？」

「い、いや……ない」

ましろの不意打ちに、空太は腰《こし》が引けた。印象がいつもと違う。水着のせいだけじゃない。漫画《まんが》執筆に向かう集中力がないせいか、今のましろはプールに遊びにきた普通の女子高生にしか見えなかった。楽しげで、表情も明るい。

その平凡《へいぼん》さが空太の心を捉《とら》えていた。これ以上、見ていると理性を失ってしまいそうだ。慌《あわ》てて視線を逸《そ》らす。なのに、顔を背けた空太の前に、ましろが回り込んでくる。

「な、なんだよ？」

「………………」

じっと見つめて何も言わない。

「用があるなら言え」

「………………」

ちょっとずつましろがにじり寄ってくる。

「バ、バカ、あんま寄るな！」

上体を反らして空太が逃げる。ましろが身を乗り出してきたものだから、胸のふくらみ部分が肌に触れた。脳《のう》を揺さ振《ぶ》る弾力を感じて、空太は悲鳴を上げそうになった。なんとか呑《の》み込んでしゃっくりみたいな感じでごまかしてから、一旦《いったん》距離を取る。けど、危機は未《いま》だに去っていない。

「な、なんなんだよ。お前は！　俺《おれ》をおちょくってんのか！」

今度は不満そうに空太《そらた》の腕《うで》を両手で捕まえてくる。

「七海《ななみ》はほめたのに」

「え？」

「……空太のバカ」

そう言って俯《うつむ》いてしまった。こんなましろの態度ははじめて見たかもしれない。

「わけわかんないこと言って、人をバカ呼ばわりするとは何事だ。ったく、もう常識がないにしてもほどがある。ど～なってんだよ、お前の脳《のう》みそは。水着は似合ってるけど……」

顔を上げたましろの目が、もう一度と言っている気がした。

「似合ってます。はい、これでいいですか？」

恥《は》ずかしくて今すぐにでも逃げ出したい。助けを求めるように七海を見ると、冷ややかな目で空太を見ていた。とても救世主になってくれそうにない。

そんなことをプールサイドでしゃべっていた空太は、最も注意すべき存在を、意識の外へと追いやっていた。それは七海もそうだし、ましろにはそもそも警戒心《けいかいしん》がない。

だから、突然、背中から声がして、直後にプールに突《つ》き落とされたのには心底驚《おどろ》いた。

「も～、せっかく、プールにきたんだから、泳がないとダメだぞ！　これ、プールの常識！」

「先輩《せんぱい》が常識を語るな！」

真っ先に水面に顔を出した空太が美咲《みさき》に文句を言う。三人一緒《いっしょ》に落とされたのだ。

「って、おい！　椎名《しいな》!?」

七海は顔を上げたけど、ましろの姿はない。

考えるまでもなく、あの椎名ましろが泳げるはずがなかった。空太は水中からましろを即座《そくざ》にサルベージする。

両手を支えて、ましろを立たせた。

その途端《とたん》、空太の視線はましろの胸に吸い寄せられた。形のいいふくらみがふたつ、水面から半分だけ顔を出している。

「椎名、水着取れてる！」

のんびりした動作でましろが下を向く。

「………………」

約二秒の沈黙。顔を上げたましろは唇《くちびる》をきつく結んで、何かを我慢《がまん》するように体を小刻《こきざ》みに震《ふる》わせた。かと思うと、

「見ないで」

と言いながら、両手で空太の目を塞《ふさ》いできた。

突然視界を潰《つぶ》された空太《そらた》は、当然のように慌《あわ》てた。

「バ、バカ！　隠すなら自分の乳《ちち》を隠《かく》せ！」

「あ～、もう、なにやってんのよ、神田君《かんだ》！」

後ろから七海《ななみ》の声が回り込んでくる。

「俺《おれ》じゃない！　絶対に俺は悪くない！」

「いいから暴れないの！　ましろもそのままね。今、水着直してあげるから」

「うん」

「神田君、指の隙間《すきま》から覗《のぞ》いたら目潰しだからね」

「覗いてない！　きちんと目も瞑《つぶ》ってます！」

「ほんとでしょうね？」

「さっさと水着を直せ！」

「実はもう直ってるんだけどね」

「だったら、手をどけて！」

それを合図に、ましろの手がどかされる。

空太が恐《おそ》る恐《おそ》る目を開く。すると、両腕で胸元を隠したましろが、アヒルの口で威圧《いあつ》してきた。

「これは事故なんだよ」

「男子っていやらしいんだから」

代わりに七海が批難《ひなん》してくる。

「そういう目的だったら、美咲先輩《みさきせんぱい》を見るわ！」

そう口走ると、その美咲が水中から襲《おそ》いかかってきた。海パンを脱《ぬ》がそうとしてくる。必死にもがいて、空太はなんとか逃げ出した。

「先輩は俺をどうしたいんですか！」

「水泳大会と言えば、やっぱり、ポロリだよ！　ノーポロリ！　ノーライフだよ！」

「ポロリなら、椎名《しいな》がしてくれたでしょ！」

ましろの様子を窺《うかが》うと、どこか不機嫌《ふきげん》そうだ。まずいことを言ったのかもしれない。

「空太は美咲が好きなのね」

「誤解を招くような発言をするんじゃやない」

「わたしも見てる？」

「見てる。見てるとも」

意地になって、じっとましろを見つめた。

すると、ましろが顔に水をかけてきた。

「見すぎはダメ」

「俺はどうすればいいんだよ！」

そこへ、鍋《なべ》ができたと仁《じん》が救いの手を差し伸べてきたので、全員一度プールサイドに上がった。その間、不満そうなましろの視線を感じた。

さすがに鍋の側は熱気がある。汗《あせ》がだらだら垂れてくるけど、あとでプールに飛び込めばいいのだ。最初は非常識だと言っていた七海《ななみ》も、気がつけば野菜も食べろだとか、火加減が強いだとか、ましろには好き嫌《きら》いをするなとか、鍋奉行《なべぶぎょう》のスイッチが入って仕切りだした。

そんな風に五人で囲んだ鍋は、すぐに空《から》っぽになってしまった。残すところは、しめの雑炊《ぞうすい》だけだ。ひと煮立ちするのを待っていると、フェンスの外から懐中電灯の光で照らされた。

「君たちは、そこで何をやっている！」

「あ、やば」

と最初に反応したのは仁だった。全員の目が懐中電灯《かいちゅうでんとう》を持った警備員《けいびいん》に向けられている。美咲《みさき》は瞬時《しゅんじ》に立ち上がり荷物を回収。空太も逃げる手順を頭の中で確認した。警備員がいるのはプールの入り口の反対側。これなら逃げられる。

状況を把握しきれていない七海だけは、

「あれ、でも、三鷹先輩《みたかせんぱい》、許可は取ってあるって」

などと言っている。

「ははっ、そんな許可、学校が出すわけないじゃん。あ～でも言わないと、青山《あおやま》さんの水着姿拝《おが》めそうになかったからさ」

爽《さわ》やかに嘘《うそ》を暴露《ばくろ》した仁は、コンロの火を消すと、逃げろと叫《さけ》んで駆《か》け出した。先頭を走る美咲が入り口から飛び出す。あとを追った仁が、自分のタオルを美咲の肩《かた》にかけていた。

「走れ！」

空太は荷物を拾い上げると、立ち尽くす七海に声をかけ、ましろの腕《うで》を取って走り出した。

「雑炊は？」

「んなもん持って走ったら、火傷《やけど》すんだろ！」

「食べたかったのに」

「あ〜、もう、なんなのよ！　三鷹先輩はもう少しまともな人だと思ってたのに！」

前を行く七海が悪態《あくたい》を吐《つ》いている。

プールを出ると校舎裏《こうしゃうら》へと向かった。警備員もなかなか反応が早い。もう後ろに回りこんできている。問題はましろだ。走るのが遅《おそ》すぎる。ほとんど空太が引っ張っているのだから、それも当然だ。

「お前、もうちょい自分で走れ！」

「どうして？」

「どうしてわかんないのかを誰《だれ》か俺に教えて！」

このままでは追いつかれる。振り向いて全体を見渡す仁にそのことを目で訴《うった》えかけた。

「倉庫の隙間《すきま》に隠《かく》れろ」

仁《じん》の指示に従って、挟《はさ》まるようにコンクリートの壁《かべ》の間に全員で雪崩《なだ》れ込む。美咲《みさき》、仁、七海《なな み》、空太《そらた》、ましろの順番だ。

「なっ、美咲、もっと奥行け！　くっつくな！」

「無理だよ～、胸とかお尻《しり》が当たっちゃう」

先に隠れた仁と美咲がもめている。けど、空太はそっちに意識を向けている余裕はなかった。

仁と美咲が密着しているように、空太もましろと七海にサンドウィッチ状態なのだ。

うれしいハプニングのような気もするが、身動きが取れない状態でこれは地獄《じごく》だ。

「か、神田《かんだ》君、近いわよ。くっつかないで」

「んなこと言っても、押すな椎名《しいな》！」

「見つかってもいいの？」

「わかってるけどっ、せ、背中に当たってるから！」

水着越しに幸せなふくらみを感じる。すべすべの肌《はだ》が擦《こす》れている。

「静かに、足音近いぞ」

懐中電灯《かいちゅうでんとう》の光が足元に近づいている。息を潜《ひそ》めて、警備員《けいびいん》が通り過ぎていくのを待つ。妙《みょう》な緊張感《きんちょうかん》が辺り一面に漂《ただよ》っている。その中を、足音が駆《か》け抜けていく。すぐに警備員の気配《けはい》は遠ざかっていった。

「行ったか？」

「みたいですね」

ほっと息を吐《つ》く。それもつかの間、七海が強張《こわば》った声を出した。

「か、神田君」

「な、なんだよ」

「なんか、お腹に当たってるんだけど……こ、これって」

「仕方ないだろ！　こんな状況で、反応するなって方が無茶なんです。男の子なんです！　思春期を許してあげて！」

「おい、静かに。警備員戻って来た」

「だ、だって、そ、そんな、これ、これ……」

七海は今にも悲鳴をあげそうな勢いだ。

「あとで殴ってくれていいから、だから、落ち着いてください、青山《あおやま》さん」

「お、おお、落ち着いてるわよ。か、神田君も、おさめてよ」

「それは無理。俺《おれ》にはどうにもできん……つうか、俺もしんどい！」

「助ける？」

ましろが後ろから囁《ささや》いてきた。

「助けるって何をする気だ！」

「空太《そらた》のしてほしいことよ」

思わず、あれやこれやと邪《よこしま》な妄想を抱《いだ》いてしまった。

「してほしいことないの？」

「お願いだから、もうこれ以上、俺《おれ》の血を刺激しないで！」

「神田《かんだ》君、静かに！」

慌《あわ》てて口を噤《つぐ》む。七海《ななみ》とましろの息遣《いきづか》いが聞こえる。鼓動が胸と背中に伝わってくる。自分の鼓動も一回一回やけにはっきりしていた。

一分間程度の沈黙が永遠にも思えた。警備員は、おかしいな、と独り言を言いながら、プールの方へと戻《もど》っていった。

「よし、行ったみたいだな。今のうちに出るぞ」

無言でひとりずつ壁《かべ》と壁の間から抜け出す。

「酷《ひど》い目にあったな……」

「それは私の台詞《せりふ》よ！　だ、だって、あれって、神田君の……そ、その……」

かわいそうなくらい、七海はしどろもどろになっている。

「残念だけど、今日はここまでかな」

仁《じん》の言葉に空太と七海が頷《うなず》く。美咲《みさき》はまだ遊び足りなさそうにしていたが、仁に服を着ろと言われると今度は素直に首を縦《たて》に振った。

「着替《きが》えるにしても、どこで？」

プールの更衣室に戻るのは危険だ。そして、ここは校舎裏《こうしゃうら》。鍵《かぎ》のかかった倉庫には入れない。

「女子はそっちの倉庫裏。俺《おれ》と空太《そらた》はここでいいだろ」

「そ、外なのに？」

「暗いから見えないって」

「そういう問題じゃないです！」

「水着で寮《りょう》まで帰りたいっていうなら、止めないけど？」

仁《じん》が意地悪くそんなことを言う。

「うっ」

呻《うめ》き声を上げながら、七海《ななみ》が倉庫裏に行こうとする。途中で振り向くと、空太をじっと見据《みす》えて、

「ぜ、絶対に覗《のぞ》かないでよ？」

と念を押《お》してきた。

「青山《あおやま》は俺をなんだと思ってるんだよ」

「まあ、発情したオスだろうな。現についさっきまでって、あ、今もか？」

七海が顔を真っ赤にして俯《うつむ》く。

「仁さんはそれ以上、余計なことを言うな！　なんかもう、青山が泣きそうじゃないですか」

「泣いてないわよ！」

「泣きそうって言ったんだよ」

そんな周囲の雰囲気《ふんいき》を無視して、ましろが空太の腕《うで》を引いた。

「空太、パンツは？」

「やっぱり、お前、忘れてきたのかよ」

水着を着てさくら荘《そう》を出たから、どうせそんなことになるだろうと踏《ふ》んでいた。持ってきて大正解だ。

荷物から出したタオルとパンツをましろに渡す。なぜだか、七海からは睨《にら》まれた。

「はいはい、いいから着替える。また警備員《けいびいん》がくると厄介《やっかい》だぞ」

仁に急かされ、しぶしぶといった様子で七海が倉庫裏に消えた。

「覗いたら、記憶が飛ぶまでどつき回すからね」

「わかってるって」

女子が物陰に隠れた隙《すき》に、さっさと空太も着替えた。

真っ先に着替えが終わって出てきたのは美咲《みさき》だ。次に、ましろが出てきた。ただ、髪はびちょびちょで、今も水が滴《したた》り落ちている。

近づいてきたましろの頭にタオルを載《の》せると、それでごしごしと拭《ふ》いてやる。これでは、猫《ねこ》を風呂《ふろ》に入れたあとと同じだ。

「お前、もうちょいどうにかしろって」

「そ、そうよ、ましろは無防備すぎるんだから」

最後に出てきた七海《ななみ》は、なんだかふてくされた顔をしていた。

姿勢もどこか不自然だ。スカートの裾《すそ》を押《お》さえながら内股気味《うちまたぎみ》で、わざと歩きにくそうな歩き方をしている。

「青山《あおやま》、その変な歩き方はなに？」

「べ、別に普通でしょ？」

明らかに声が上擦《うわず》っている。

そのとき、校舎の壁《かべ》を這い上がろうとする強風が吹《ふ》いた。

「きゃっ！」

七海がスカートの前と後ろを必死に押さえ込む。

「大丈夫か、お前？」

「も、もちろん」

「大方、水着を着てきたせいで、青山さんもパンツ忘れたんだろ」

面白そうに仁《じん》が指摘する。

「ち、違《ちが》います！　そんなわけないじゃないですか！」

「だったら、水着脱がなきゃよかったのに」

「そうしようと思ったけど、服の下に濡《ぬ》れてる水着だと気持ち悪くて……って、違《ちが》うの。忘れてないの！」

「ななみん、ノーパンツ！　ノーライフだよ！」

「言われてるぞ、青山」

「放っておいて！」

そこに、懐中電灯《かいちゅうでんとう》の光が突然差した。校舎を一周して警備員《けいびいん》が戻《もど》ってきたのだ。

「あ、やば」

「逃げろ～！」

またしても美咲《みさき》が真っ先に駆《か》け出し、仁が背後にぴったりとついた。

「む、無理！　絶対無理！　だって、こんな状態で走ったら……」

「逃げないともっとまずいだろ！」

空太《そらた》は七海の腕《うで》を引く。それでも七海はスカートを気にして動けない。

「ノーパンのまま説教受けたくないだろ！」

「あ、当たり前でしょ！　一秒でもいいから早くパンツはきたいわよ！　てか、ノーパン、ノーパン言わないで！」

ようやく駆け出す七海。空太はぼ～っと突っ立ったままのましろの手を取って、七海の背中を追った。

「だ、ダメ！　神田《かんだ》君、前！　絶対に、前走って！」

「暗いから見えないって」

「気持ちの問題よ！」

　本当に泣き出しそうなので、仕方なく七海《ななみ》を追い越《こ》す。とは言え、スカートを気にしてまともに走れていない七海を振り切って、置いていくわけにもいかない。

「椎名《しいな》、先行け」

　腕《うで》を引いて、ましろを前に出そうとする。なのに、ましろは裾《すそ》を気にする素振りを見せたかと思うと、首を横に振ってきた。

「空太《そらた》のエッチ」

「お前までなに言ってんの！」

「振り向かないで！」

「はいはい」

　仕方なく、空太、ましろ、七海の順のままで走った。

　グラウンドを横断して、正門に向かう。裏手の方が今は警備《けいび》が厳しいと、美咲《みさき》の嗅覚《きゅうかく》が嗅《か》ぎつけたのだろう。その予測は見事的中《てきちゅう》していて、正門側に警備員は残っていなかった。

　美咲と仁《じん》が開けてくれた隙間《すきま》を抜けて空太、ましろ、七海の三人も脱出に成功した。さすがに警備員も、校外までは追いかけてこないだろう。

それでも、もう少し先までは逃げておく必要がある。

速度を落とした美咲と仁にはすぐに追いついた。

「空太、疲《つか》れたわ」

「自分でちゃんと走れ！」

「そうよ、ましろはもうちょっと自分のことは自分でするべきなんだから」

「七海もパンツ忘れたわ」

「なっ！」

「あ〜、お前ら、ケンカするな！」

「なんか、面白くなってきたな、空太」

仁が幸せそうな顔でからかってくる。

「俺《おれ》はちっとも面白くありません！」


学校とさくら荘《そう》の間にある児童公園まで逃げると、空太たちは完全に走るのをやめた。

「うきうき、わくわくの大冒険だったね！　これだからやめられないんだよ！」

「もう二度とこんなことしないでください！」

手でスカートを押さえながら七海が訴《うった》える。

「あたしは今日の日のことを一生忘れないよ。ななみんのノーパンダッシュを後世に語り継ぐのがあたしの使命だと、ようやくわかった気がするんだも～ん」

「今すぐ忘れてください！　神田《かんだ》君と三鷹先輩《みたかせんぱい》もにやにやしないで！」

空太《そらた》は笑みを引っ込め、仁《じん》は余計ににやついた。

「もう最低……こんなこと知られたら、私、生きていけないよ……」

「気にするな、ノーパンダッシュくらい」

「変な名前をつけないで！」

「空太の言う通りだと思うけどな。この先もさくら荘《そう》にいれば、こんなことも二度や三度じゃないって」

それを無視して、ずかずかと七海《ななみ》が前に行く。もう話もしたくないらしい。けど、すぐに上り坂であることに気づいたらしく、振り向いてそそくさと戻《もど》ってきた。

「神田君と、三鷹先輩は前！」

「はいはい」

仁が大きく踏《ふ》み出す。その横に空太も並んだ。

後ろでは美咲《みさき》を中心に、七海とましろが何か話をしている。

空を見上げる仁につられて、空太も星を見ていた。

どこまでも遠くにある光。

手を伸ばしても、けして届かない。

だからこそ、時として美しい星空は人の心をこんなにも打つのだろう。

「俺《おれ》たちは、どこまでいけるんだろうな」

ぽつりと仁が呟《つぶや》く。

「どこまでだって行けますよ」

「大きく出たな」

「なんか、さくら荘にいると、そんな気がするんです」

仁が空太の頭に手を置いてきた。

「だな」

「ね～ね～、なんの話？」

空太と仁の間に割り込んできた美咲が、ふたりにぶら下がるように腕《うで》を絡《から》めてくる。

「明日は何をしようかって話だよ」

「あ～、それならね～」

と、さくら荘までの帰り道、美咲立案の夏休みファイナルセール計画が発表された。明らかにセールは関係ないけど、誰《だれ》もツッコミを入れなかった。

世界一周旅行とか、大半《たいはん》が無茶なもので、バカげた夢物語でも、下らないとか、無理だとか、できるはずがないとか、そんなしらけることはひとりも言わなかった。この面子《めんつ》でそれができたらいいと、誰もが感じていたんだと思う。

美咲《みさき》の話を聞いている間は、夢を見ているような気分にも浸《ひた》れた。

けど、その夢も、さくら荘《そう》に着いた途端《とたん》に泡となって消えてしまった。

「神田《かんだ》君、何か手紙きてるけど」

ポストを開けていた七海《ななみ》が空太《そらた》に封書を差し出してきた。見慣れない郵便物。すぐに『ゲーム作ろうぜ』の合否結果だと気づいた。

震《ふる》える手で受け取って、ばたばたと玄関《げんかん》を上がった。ダイニングの電気をつける。

封は破《やぶ》って開けた。

三つに折られた紙が一枚。だから、落選通知だと思った。そう反応した体は、言葉通りに軋《きし》んだ。わずかな諦《あきら》めの気持ちが、簡単に手紙を開かせた。

——恋を教えて

横書きの便箋《びんせん》のほぼ中央に、たった一文が綴《つづ》られている。

何が起きたのか、さっぱりわからない。いや、心当たりがひとつだけあった。ましろが手紙を書くと前に言っていた。それがこれだ。

全身の力が抜けていく。怒る気にもなれない。

そこへ遅れて七海がやってきた。

「神田君」

「なに？」

「もう一通あるけど」

封筒には『ゲーム作ろうぜ』を主催するハードメーカー名が記されていた。薄《うす》っぺらだった紙が急に重たくなった。

今度は慎重に封を開けた。

――神田空太様　拝啓　ますますご健勝のこととお慶《よろこ》び申し上げます。このたび弊社《へいしゃ》主催によるゲーム企画オーディション『ゲーム作ろうぜ』へのご参加まことにありがとうございます。応募書類を拝見させていただきました結果、ぜひとも、プレゼンテーションの場で、さらに詳しい企画内容のご説明をしていただきたい運びとなりました。つきましては、お忙しいところ大変恐縮ですが、下記の日時に、指定の場所までご足労願えればと思います。敬具
プレゼンの日程は、八月三十一日の火曜日。午後の一時から。会社の地図とアクセス手段。それからプレゼン当日、その現場で用意ができるパソコンやソフトなどが簡潔に記されていた。

もう一度、最初から読み返す。間違《まちが》いない。一次審査を通過した。

伴《ともな》っていなかった実感が、急速に全身からわきあがった。思考も、理性も、そこにはなくて、空太は本能の赴《おもむ》くままに、

「おっしゃ～！」

と雄たけびを上げていた。

近くにいた七海《ななみ》が、びっくりして小さく悲鳴を上げる。美咲《みさき》と仁《じん》が興味深そうに、手紙を覗《のぞ》き込《こ》んできた。

「お～、こーはいくんやったね！」

「先輩《せんぱい》の協力のおかげです」

美咲と固い握手を交わす。

「お祝いに、ななみんがチューしてくれるって！」

「し、しません！」

「ほっぺだよ？」

「場所の問題じゃありません！」

「フラれたな、空太《そらた》」

「そうですね……」

「な、なんで、そんなに落ち込むのよ！」

「いや、あまりに力強く即答されたから、俺《おれ》、そこまで青山《あおやま》に嫌《きら》われているのかと……」

「違うわよ。別に嫌ってるわけじゃなくて、それは、その……」

「いいんだ。よく考えたら、俺がさくら荘《そう》に誘《さそ》ったばかりに、苦労と迷惑をかけた挙句《あげく》、ノーパンダッシュという人生の汚点まで作らせたんだから」

「もう、そのことは忘れて！　って、私、そういえば、まだ」

あたふたと七海《ななみ》がダイニングから姿を消した。パンツを求めて部屋に行ったんだろう。

そう言えば、ましろもいない。

「椎名《しいな》は？」

「さあ？　部屋に戻《もど》ったんじゃないのか？」

「そっか……」

なんだか急にうれしさが半減した。

心のどこかで、ましろも喜んでくれると勝手に思い込んでいたのかもしれない。

ましろからの手紙をもう一度確認する。

綴《つづ》られているのは一文だけだ。

――恋を教えて
その意味をどう捉《とら》えればいいのか、今の空太には上手《うま》く考えることもできなかった。

第四章
どでかい花火をあげてみろ

1

体が重い。昨晩《さくばん》、書類審査《しょるいしんさ》突破《とっぱ》のお祝いを理由に、美咲《みさき》に散々振《ふ》り回されたせいだ。途中《とちゅう》で仁《じん》が助けてくれたおかげで、徹夜《てつや》は免《まぬか》れたが、空太《そらた》がベッドに潜《もぐ》り込《こ》んだのは明け方《がた》近くだった。

近所の小学生がラジオ体操に出かけていく声を子守唄《こもりうた》にして、空太は眠《ねむ》りに落ちた。

それから何時間が経過したんだろう。

感覚が戻《もど》ったのは、体に重さを感じたからだ。本当に重い。腹が圧迫されている。胸が苦しい。これはきっとプレゼンテーションの重圧だ。残された日数は少ない。今日は二十七日。準備期間は丸四日しかない。ちゃんとできるだろうか。間に合うだろうか。そもそも、プレゼンって何をすればいいんだろうか。

全部が未知の世界だ。でも、大丈夫《だいじょうぶ》な気がする。なんたって、書類審査は通過したんだ。アイディアには自信を持っていいはずだ。審査してくれた人は、もっと詳しく内容を説明してほしいと言ってきたんだ。しかも、はじめて書いた企画書で。

もしかしたら、才能があるのかもしれない。そうかもしれない。いきなり企画が採用されて、ゲーム制作をすることになるかもしれない。大ヒットだってするかもしれない。

だから、プレッシャーを感じる必要なんてないんだ。

心からそう思っても、なぜだか体は軽くならなかった。

それどころか、感覚はよりリアルになっていく。猫《ねこ》の仕業か。そう思うと、霧《きり》がかかっていた脳内《のうない》に晴れ間が差した。ああ、目覚めたな、と自覚する。すると、重さ以外に、熱さと確かな弾力《だんりょく》を肌《はだ》が認識した。

腹にずんとくる重み。触れた部分がじっとりと熱を持っている。全部物理的なものだ。どこの誰《だれ》だろうか。プレゼンのプレッシャーなどと言ったのは……。

空太は重みの正体を暴《あば》こうと、ゆっくりと目を開いた。

無感動な目が空太を見下ろしている。パジャマ姿で、空太の腹部にまたがって座っている。絵筆を持った手を、空太の額《ひたい》に向けていた。あと少しで筆先がくっつきそうだ。

「これは夢か？」

「おはよう」

「夢だと言って！」

「夢よ」

「夢なら覚めて！」

ましろにビンタされた。乾《かわ》いた音が部屋に響く。一秒遅《おく》れて、熱い痛みが走った。

「俺《おれ》、お前にぶたれるようなことした？　ねえ？　何がまずかったの!?」

「現実を見て」

「見てるよ！　起きたら202号室の椎名《しいな》ましろさんに馬乗りにされて、むごいことになってんだよ！　てか、お前、なにしてんの！　なんで？　どうして？　その筆はなに？」

「落書きしようと思って」

「なんでだよ！」

理解不能にもほどがある。

「空太《そらた》のせいよ。わたしをこんな気持ちにさせて……」

ましろは胸に手を当てると、目線を外した。目尻《めじり》を少し下げた不安げな表情。

「昨日から、ここがおかしいの」

原因はプールだろうか。そう言えば、見ろと言ったり、見るなと言ったり、ましろの様子は少し変だった。

「どうおかしいんだ？」

「空太のこと考えると」

「え!?　俺《おれ》!?」

「うん、空太よ」

「そ、それで？　俺のことを考えると？」

「とてもむしゃくしゃするの」

「面と向かってなんてこと言ってくれてんだ！」

それで絵筆を持って、空太《そらた》の顔に落書きをしに朝からやってきたのか。理屈《りくつ》は通っているけど、理由はさっぱりわからないし、苛立《いらだ》ちの発散方法がおかしい。

「いつにも増して、意味不明だな！　酢豚のパイナップルくらい理解できねぇよ！　てか、いい加減、どいてくれますか？」

不満は解消されていないのか、釈然《しゃくぜん》としない様子でましろが腰《こし》を上げる。下手《へた》に動くとハプニングが起こりそうなので、空太はましろの移動が完了するまで大人しく待った。

立ち上がったましろが高みから見下ろしてくる。

「座って」

「はいはい」

空太はあぐらをかく。

「正座して」

「理由を聞こうか？」

ましろの眉《まゆ》がぴくりと動く。なんだか、表情がいつもより険《けわ》しいような……いや、気のせいのような……いや、険しいような……。

「わからないの？」

ふてくされた口調だ。

「お腹《なか》が空《す》いたとか?」

すると、今度はわかりやすくましろが頬《ほお》を膨《ふく》らませた。どうやら、怒っているらしい。

ましろは空太の机の上から企画書を持ってきて、それを空太に突《つ》き出してきた。

「これが、どうした?」

「教えてくれなかった」

正面に座ったましろが真《ま》っ直《す》ぐに瞳《ひとみ》を見つめてくる。

「わたし、知らなかった」

「そう……だっけ?」

記憶《きおく》を遡《さかのぼ》る。確かに、ましろに企画書を見せた覚えはない。進行状況がどんな感じとかも話していない。相談もしなかった。

前に企画オーディションに参加しようと思うと宣言《せんげん》しただけだ。いや、あれを伝えたと言っていいのかは謎《なぞ》だ。一方的に空太が話しただけで、ましろが聞いていた保証はない。

そこまでは理解した。けど、ましろの不機嫌《ふきげん》の理由が思い当たらず、空太は首を捻《ひね》った。

ましろが企画書の絵を指差す。

「美咲《みさき》の絵」

「頼《たの》んで描《か》いてもらったんだ」

「わたしに言ってくれなかった」

「だって、美咲先輩《みさきせんぱい》の方がゲームには詳しいし、椎名《しいな》はネームで忙《いそが》しそうだったから、声をかけたら迷惑《めいわく》かな～って思ったりしたりしたんだよ」

「空太《そらた》を迷惑だなんて思わない」

「そ、そうか」

「うん」

いまだに、ましろは膨《ふく》れっ面《つら》のままだ。これはこれでかわいいのが問題だ。

「描《か》きたかったのか？」

はっきりとましろが頷《うなず》く。

「絵はわたしだもの」

「そうだな……そうだよな」

——絵はわたし

そう断言できる才能がましろにはある。それは本当にすごいことだと思う。自分が何であるかをましろは知っている証拠だ。

——お前は何だ？

と問われたら、空太ならどう答えるだろうか。答えなんてない。そんな確かなものはないのだから。けど、それがましろにはある。そして、その確かなものを、空太は踏《ふ》み躙《にじ》ってしまったのかもしれない。

自分自身と言っても過言《かごん》ではない絵。そのことで、相談されなかったから怒っているのだと、空太はそんな風に解釈《かいしゃく》をした。

「空太」

「まだ言いたいことがあるなら聞くぞ。どんどん言ってくれ」

自分に落ち度があったかはわからないけど、今はましろの話を聞くしかなさそうだ。そう思って覚悟を決めた空太に、ましろはとんでもないことを言ってきた。

「わたし、怒ってるの？」

「俺《おれ》に聞くな！」

「次はなんて言えばいい？」

「今日はまた一段と無茶《むちゃ》振りだなお前は！」

さすが椎名ましろだ。常識では測れない。

「教えて」

「……『大嫌《だいきら》い』とか言えばいいんじゃないですか？」

もうやけくそだった。

「空太」

「なんでしょうか」

「大嫌い」

そう言って、口を尖《とが》らせたましろが睨《にら》んでくる。

これは、まずい。きた。かなりきた。もちろん、恐かったわけじゃない。全然恐くない。直視していると、にやけてしまいそうなほどにかわいらしい。

「にやにやしないの」

「ごめんなさい」

がんばって真顔を取り戻《もど》す。

「わたしを見て」

「無茶言うな！」

見たら表情が崩れてしまう。

ましろはますます不満そうだ。

「今度は描《か》かせてね」

「お、おう」

「約束」

小指を差し出してきた。空太《そらた》は照れくさくて、顔を背《そむ》けたまま応じた。

「許してあげる」

「そりゃ、どうも」

「恋を教えて」

会話の流れを無視した発言に、空太は無様《ぶざま》に咳《せ》き込《こ》んだ。それでも、なんとか気持ちを立て直す。

「川とか池にいる淡水魚《たんすいぎょ》で、観賞用の錦鯉《にしきごい》はその柄《がら》によって値段が決まり、高いものでは何十万、何百万とするらしいぞ」

ましろは真面目《まじめ》な顔をして、クロッキー帳にメモを取っている。

「メモらんでいい！　魚のこと知りたいのか！」

「言ったのは空太よ」

いきなりおかしな話をはじめたのは確かにそうだが……。

「わたしをドキドキさせて」

「淡々と言うな」

「わたしをキュンとさせて」

「そんな大役、俺《おれ》には無理です」

「ファイト」

「お前も少しは闘志《とうし》を燃やせ！　つか、なんでいきなり恋なんだよ？」

「綾乃《あやの》に言われたの」

「今度、いつ来る？　そのとき、俺、文句言ってもいいよね？　毎回毎回、綾乃さんのアドバイスで被害《ひがい》を受けてるの、俺だもんね？」

「リアルな恋心を描《か》くには、恋愛をするのが一番」

「そうですか」

「誰《だれ》でも、人生でひとつは恋の物語を描けるんだって」

「あの編集さん、よくもそんな恥《は》ずかしいことを堂々と」

「顔を真っ赤にしてたわよ」

「それはたぶん、お前が無反応すぎて、我に返ったんだろう」

被害者は編集さんも同じかもしれない。なので、文句を言うのは保留にしておこう。

「今度の締め切りっていつだっけ？」

「三十一日に、新連載を決める会議があるの」

空太《そらた》のプレゼンと同じ日だ。

「今からネームやんのか？」

「三話分は作った」

脇《わき》に置いてあった紙の束を、空太の前にどんと置く。それをぱらぱらとめくった。本当にできている。いつ見ても、ほんとにいい絵を描く。

内容はシェアハウスに住む芸大生六人を中心としたドタバタの群像劇《ぐんぞうげき》。男女が一つ屋根の下で暮らし、恋愛や将来のことに悩みながら友情も深めていく。そんな感じだ。

「あのさ」

「なに？」

「どことなく、身に覚えのある感じなんだけど？」

「綾乃《あやの》に言われたの。さくら荘《そう》を題材にしてみればって」

そんなことだろうと思った。さすがに設定はだいぶ弄《いじ》っているけど、登場人物の背景に、美《み》咲《さき》や仁《じん》の影《かげ》を感じる。

数年後の未来。さくら荘のみんなが高校を卒業して、水明《すいめい》芸術大学に進学したとしたら、ましろの描く漫画《まんが》のような生活が待っているのかもしれない。仁の外部受験を知らなければ、そんな風に思えていただろう。でも、今はもう手の届かない未来に思えて、空太は少し切ない気持ちになった。

登場人物の生き生きとした姿を見ていると、胸にちくりと痛みが走る。怪訝《けげん》に思ったのか、ましろが顔を覗《のぞ》き込《こ》んできた。

「面白くない？」

「いや、面白いよ」

未練を断ち切るように、空太は顔を上げた。

漫画全体の印象はコミカルで読みやすく、テンポも早くて今風だ。ただ、掲載される雑誌を考えると、恋愛要素は少し薄《うす》いかもしれない。今のところは青春ドラマの方が濃《こ》い。

だからこそ、恋愛面の強化が必要だと綾乃も感じ、誰でも人生でひとつは恋の物語を描けるなんて話を持ち出したのだろう。その結果、ましろがとんでもないこと言い出したわけだ。

「というわけで、恋を教えて」

「無理！　俺《おれ》、プレゼンの準備したいの！」

当日までそう時間はない。

「だいじょうぶよ」

「なにが？」

「わたしが手伝うわ」

「いい！　結構です！」

「朝から、なに騒《さわ》いでるの？」

猫《ねこ》のために開けておいたドアの隙間《すきま》から、七海《ななみ》が顔を出している。眼鏡《めがね》にジャージ。最近、さくら荘《そう》の中では、いつものこのスタイルだ。

「ましろ、またそんな薄着《うすぎ》で男子の部屋に。ダメじゃない」

ずかずかと七海が部屋に入ってきた。

「どうして？」

「それは、その……男子はエッチな生き物だから……」

小声になった七海が空太《そらた》を見てくる。

「俺を男子代表にしないで！」

「さ、ましろは着替《きが》えてこないと」

「ダメよ。まだ恋を教わってない」

一瞬《いっしゅん》、七海の動きがぴたりと止まった。その後、鋭《するど》い視線をぶつけてくる。

「違《ちが》う。そういうのじゃない！」

「そ、そういうのって、どういうのよ。別に、ベッドの上で男女がすることを考えたわけじゃなくて……ただ、よくないって思っただけで……」

「俺、そこまで言ってない！」

「と、とにかく！　ましろはもっと自分を大切にすること。無防備に男子の部屋に入ったらだめよ。危ないわ」

「青山《あおやま》さん、俺の前で堂々とそういう話はやめてくれる？」

「それに、神田《かんだ》君はプレゼンテーションの準備があるでしょ？　今は邪魔《じゃま》しないようにしないと」

「わたしは、邪魔してないわ」

確認の視線を、七海が向けてくる。

「いや、まあ、別に邪魔……ではないけど」

「けど？」

「邪魔ではないです」

「……だったらいいけど」

まだ腑《ふ》に落ちないって顔だ。

「あと……」

「ん？」

急にばつが悪そうに七海《ななみ》がそっぽを向く。

「わたしに手伝えることがあったら言ってね」

「間に合ってるわ」

「どうして、ましろが答えるのよ！」

「間に合ってるもの」

「そ〜だ、そ〜だ、こーはいくんと遊ぶのはあたしなんだも〜ん！」

ドアを蹴《け》り倒《たお》して、美咲《みさき》が飛び込んできた。

「先輩《せんぱい》は話をややこしくしないで！」

「あたし、プリンは飲み物だと思うんだよね！」

「せめて話題は揃《そろ》えろ！　デブの発想じゃねーか！　はいはい、プレゼンのことは赤坂《あかさか》という心強い味方に相談するんで大丈夫《だいじょうぶ》です。間に合ってます！　心配無用なんで全員出て行く！」

なおも文句を言う、ましろ、七海、美咲の三人を部屋から強引に追い出す。

蹴り倒されたドアを直して、プライバシーを空太《そらた》は取り戻《もど》した。

今日からは本格的にプレゼンの準備に取り掛《か》からないとまずい。なんせ、何をどうしたらいいのか、さっぱりわかっていないのだ。PCを立ち上げ、机に向かう。キーボードを叩《たた》いた。

――赤坂、今いいか？

――龍之介《りゅうのすけ》様はただいま『左右どちらにも開く冷蔵庫のドアを、両方同時に引っ張ったらどうなるのか？』を真剣に考察している最中《さいちゅう》にございます。それゆえ、まことに申し訳ありませんが、空太様のメッセージに対応することはできません

返事をくれたのはメイドちゃんだ。

――あいつも、そんなことで悩むのか……

――いやですわ、空太様。もちろん、ジョークですよ、ジョーク。メイドちゃんジョークです

それはアメリカンジョークのようなものなのだろうか。時々、この電子のメイドがわからなくなる。

――じゃあ、メイドちゃんでもいいや

企画書の書き方もきちんと説明してくれた実績《じっせき》があるし、きっとプレゼン対策《たいさく》もばっちり教えてくれるだろう。

――『じゃあ』『でも』などという、誰《だれ》でも構わないようなご用件の空太様には、どんなお仕置きをして殺《や》りましょうか（笑）

――もう答え出てるし！

――あら、わたくしとしたことがはしたない。ついつい、本音が知らぬ間に、メイドちゃんのブラックリストに載《の》っていたらしい。

――俺《おれ》、何かしましたか？

――人は知らず知らずのうちに、誰《だれ》かを傷つけながら生きているものなのですよ

――そうとは知らず申し訳ありませんでした

報復《ほうふく》にウィルスを送信されると困るので、早めに謝《あやま》っておく。

――空太《そらた》様ときたら、いつもいつも、龍之介《りゅうのすけ》様と楽しそうにおしゃべりをなさっているではありませんか。そのときの龍之介様の笑顔ときたら、それはもう素敵で……。わたくしが相手では、そのようなお顔は見せていただけないのに、き～！　悔《くや》しい！　絶対に、龍之介様は渡しませんよ！

――ええっと、宣戦布告《せんせんふこく》をされた直後で、大変恐縮《きょうしゅく》なんですが、相談に乗ってもらってもよろしいでしょうか

――どうした神田《かんだ》。かしこまって気色《きしょく》悪いぞ

口調がガラッと変わった。ご主人様が光臨《こうりん》なされたようだ。

――最悪のタイミングでバトンタッチするのやめてくれる？　俺、虚《むな》しくて死んじゃうぞ

――用件は何だ？

——プレゼンだよプレゼン！

——書類は通過したか

——おかげさまで

——僕《ぼく》のアドバイスを受けて落選したら、ウィルス爆弾《ばくだん》を投下するところだった

——やめてください

主《あるじ》もメイドもどっこいどっこいだ。

——しかし、プレゼンか……

——できれば、アドバイスをもらいたいです、先生

——僕に言えることはひとつだ

——ほう、それは？

——スーツ着用、以上だ

——それだけかよ！

——他者との会話が苦手な僕に、何を期待していた？

——いや、確かにそうだけど……

——何事も経験だ。さくら荘《そう》の面々を相手に練習でもすることだな。都合の良いことに、個性的なメンバーが揃《そろ》っている

——堅実なアドバイス痛み入《い》るよ

――では、な

龍之介《りゅうのすけ》のアイコンが離席《りせき》モードになった。

さて、こうなると先ほどから背中に突《つ》き刺さる視線に頼《たよ》らざるを得ない。

振り向くと、ドアの隙間《すきま》から六つの目……いや、気がつけば八つに増えている。仁《じん》も合流したらしい。近づくとドアは外から開いた。

「どうする、神田《かんだ》君？」

「手、貸す？」

「さっきは生意気言ってすいませんでした。よろしくお願いします」

ぺこりと頭を下げた。

「こーはいくん、よわ～い。今から修行編《しゅぎょうへん》の開幕《かいまく》だね！」

「ま、がんばって這《は》い上がれよ？」

こうして、空太《そらた》は決戦当日までの数日間、さくら荘《そう》の面々を練習相手に、プレゼン対策《たいさく》を練ることになった。

2

プレゼンの練習は、毎日夕食後の時間を使って行うことが決まった。面白がって千尋《ちひろ》も参加してくれたので、聞き役は全部で五人。

会場はダイニングのテーブルを動かして作った。ましろ、美咲《みさき》、仁、七海《ななみ》、千尋の順番で横一列に座ってもらい、その前に引っ張り出してきたホワイトボートを置いて、プリントアウトした企画書を貼《は》り付けた。一ページずつ内容を補足するように説明する。

これが、いざやってみると難しい。時間の配分がわからず、一回目は十五分の持ち時間のうち、たったの五分で説明が終わってしまった。続けて行った二回目の練習では、二十分が経過しても話をまとめられなかった。三回目、四回目と繰り返すことで、時間の感覚だけは少し身についたが、プレゼンの精度《せいど》としてはお粗末なものだった。

企画内容はよく理解しているはずなのに、言葉は途切《とぎ》れ途切れになりがちで、話の流れもちぐはぐになってしまう。『え～』とか『あ～』を何度も口にする自分が情けなく思えた。

二時間近く行われた練習のあとで、千尋からは、

「話の起承転結《きしょうてんけつ》がわかるように説明しなさいよ」

と言われた。

「神田君、私たち相手に緊張《きんちょう》しすぎ」

「な～んか、いつものこーはいくんじゃなくて、面白くな～い」

「敬語《けいご》で説明されると、全部つまんなく感じるんだよな」

と、七海、美咲、仁からは指摘《してき》を受けた。ましろに至っては、空太の退屈《たいくつ》なプレゼンに耐《た》え

切れず、途中で居眠《いねむ》りをしていた。

初日のプレゼン練習は惨敗。まさかこれほど酷《ひど》いことになるとは思っていなかったので空太《そらた》は焦った。

翌日、夜のプレゼン練習を前に、空太は朝起きてからカンペの用意をはじめた。千尋《ちひろ》に言われた起承転結がわかりやすくなるように、要点を組み直していく。必要に応じて、企画書の順番も入れ替え、どこで何の話をするべきかを再考した。

仁《じん》の指摘も実に的《まと》を射《い》ていると思った。しゃべりながら空太も感じていたことだ。普段の口調じゃないと、考えをストレートに表現できない。ノリとかテンションが上手く伝えられないのが歯痒《はがゆ》かった。かと言って、タメ口を利《き》くわけにはいかないので、回数を重ねて敬語に慣れていくしかない。

あとは緊張。知った顔相手にドキドキしていたのではお話にならない。これに関しては七海《ななみ》からアドバイスをもらった。

「緊張してても言葉が出てくるくらいに練習を続ければいいと思うよ」

要するに、緊張しない方法を会得《えとく》するのは難しいから、緊張していてもしゃべれるように内容を体で覚えろという話だ。

これには、なるほどと思った。

「あと、全部同じ調子でしゃべると単調で飽きるから、テンポの強弱は入れた方がいいんじゃない？」

とも七海から言われた。事実、ましろはプレゼンを子守唄《こもりうた》に眠《ねむ》ってしまったのだ。空太が居眠りをする授業を思い返してみると、確かにテンションが均一《きんいつ》な教科が多い。

これらのことを、プレゼン当日までにどうにか形にしたい。そこが最低ラインだ。

カンペの内容をぶつぶつと口にしながら作業を進めていると、突然、部屋のドアが開いた。ノックはなかった。

足音に気づいて振り向くと、パジャマ姿のましろがいた。自分の部屋同然の態度で入ってきて、ベッドの上で作業をしていた空太の背中に寄り添《そ》うようにして座った。無言のまま、持参したクロッキー帳に鉛筆を走らせる。軽快なテンポで線が描《か》かれるたびに、どこか涼しげな音がする。新しいキャラクターのデザインをしているようだった。

疑問を含んだ空太の視線には反応しない。

「え～、あのですね、椎名《しいな》さん」

声をかけてもしばらくはクロッキー帳から顔を上げなかった。

仕方がないので、空太は自分の作業を進めた。

五分ほど経過して、ましろの返事があった。

「なに？」

「え～っと、なんだっけ？　あ、そうそう、俺《おれ》のプライバシーは？」

勝手に部屋にやってきて、勝手に居座られて、その果ては話しかけても無視されて……これでは存在意義まで危《あや》ぶまれる。

「ないわ」

「そうか、ないのか。そうだと思ったよ」

「あるわ」

「じゃあ、聞くが、ここはどこだ？　お前は何をやっている？」

「空太《そらた》の部屋。キャラクターのデザイン」

「自分の部屋があるだろ。いつもは部屋で作業してただろ？」

「今日からここでする」

「よし、理由を聞こうか」

「それは……」

鉛筆の柄《え》をくわえて、ましろが考え込む。

「どうして？　とか聞き返してくるなよ？」

培《つちか》った経験を生かして先回りした。

すると、何か言いかけたましろが口を閉ざした。

「図星かよ！」

「違《ちが》うわ」

「ほう。ならば改めて理由を聞こうか！」

先読みが成功したので、空太はついつい上機嫌《じょうきげん》になって挑発《ちょうはつ》していた。それがとんでもないものを引き出すとも知らずに……。

「ここでやれば……」

「ここでやれば？」

「恋がわかる気がするの」

「へ？」

恋がわかる気がする、と言っただろうか。それが、空太の部屋で作業をする理由だと……。なんでそれが空太の部屋なのか……。どうしてだろう。どうしてだろうか。これって、もしかすると……。

いやいや、今はそうじゃない。やるべきことがある。他のことに気を取られてどうする。せっかく書類審査《しょるいしんさ》を通過したんだ。プレゼンに全力を注ぐべきだ。

「……いたら、ダメなの？」

「あ、いや……それは」

「わたしがいたらダメ？」

面と向かっていることもできず、空太は顔を背《そむ》けた。

「青山《あおやま》に見つかったらまた怒られるぞ」

「なら、ここにいる」

やけにはっきりとましろが言い切った。

「え？」

「……空太《そらた》はすぐ七海《ななみ》」

「なんだよ、そりゃ」

「知らない」

ましろは空太に背中を向けると、キャラクターデザインに集中してしまった。線が走る音に、先ほどは感じなかったシャープさが加わった。

「部屋にいるのはいいけどさ」

作業をしている限りは、ましろはとても静かなので、大きなぬいぐるみだと思えばいい。プレゼンの準備の邪魔《じゃま》になることはないだろう。空太は放っておくことにした。

それでも、気になってる女子がすぐ側《そば》にいて、無視を続けられるほど思春期は甘《あま》くない。

ましろは無意識なのだろうが、時折、悩ましい吐息《といき》をもらす。それは、上手《うま》くデザインができないからなのか、別の理由からなのかはわからないが、空太の意識を引き付けるには十分な破壊力《はかいりょく》があった。

おかげで、定期的にましろを観察してしまう。

基本的に、ましろはずっとベッドの上にいて、三角座りをしていることもあれば、壁を背に足を投げ出していることもあった。酷《ひど》いときには、寝《ね》そべって足をばたつかせていた。変わらないのは、常に手を動かしているということ。そして、時々、空太と目が合うことだった。先に空太が見て、ましろが視線に気がつくこともあれば、その逆のパターンも同じくらいの頻度《ひんど》で起こった。

「なんで、見てるの？」

「見てねえよ」

「嘘《うそ》、見てた」

「そっちこそ見てただろ」

「見てないわ」

「嘘を言うな！」

「見てない」

「俺《おれ》も見てない」

「………………」

「な、なんで黙る」

「男らしくないわ」

「言い掛《が》かりをつけるな！」

そうしたやり取りを繰り返しているうちに、やがて日は暮《く》れた。

バイトから戻《もど》った七海《ななみ》が、ドーナツのお土産《みやげ》があると言って、外から声をかけてきた。ドアは開けっ放しになっていたので、七海の視線はすぐにベッドの上のましろに向かった。

「何度言えばわかるのよ……」

「七海、おかえり」

「ただいま……って、そうじゃなくて！　もう、どうしてパジャマ姿で、男子の部屋にいるのよ、ましろは」

「空太《そらた》が着替《きが》え出してくれないから」

「俺《おれ》のせいかよ！」

「神田《かんだ》君もどうして何も言わないのよ！　いやらしいんだから」

「誰《だれ》が考えるか、そんなこと！」

「本当に？」

「おう。その証拠に、午前中からいるのに、この時間まで何も起こってないんだぞ！」

「へ～、ずっと一緒《いっしょ》だったんだ」

七海の声音《こわね》が一瞬《いっしゅん》にして冷たくなった。

「あ、あれ？　俺、なんかまずいこと言った？」

「私も、うかうかしてられないな」

その声は小さくて、空太にはよく聞き取れなかった。

「ん？」

「とにかく！　ましろは私と一緒《いっしょ》に二階に戻《もど》る！」

七海は有無《うむ》を言わさずにましろの手を取る。

「あ、おい」

「今日もプレゼンの練習するんでしょ？　神田君も早く準備して！」

「お、おう」

「容赦《ようしゃ》しないから」

「私情を挟《はさ》むな！」

この翌日《よくじつ》も、その翌々日も、ましろは音もなく部屋にやってきて、何か用事を切り出すでもなく、プレゼンの準備を進める空太の背中に寄り添《そ》うように、自分の作業をしていた。そして、毎夜、バイトから戻った七海に咎《とが》められ、二階に連れ戻されていくというパターンを繰り返した。

空太はその様子を微笑《ほほえ》ましく眺《なが》めながら、夜はさくら荘《そう》の面々を相手にプレゼンの練習。昼間は前日の練習における失敗を考慮《こうりょ》し、新しいプレゼン原稿の用意と、ひとりでの練習に明け暮《く》れた。

太陽は昇り、また沈む。

こうして、運命の八月三十一日。空太《そらた》にとってはプレゼンテーション当日、ましろにとっては新連載が決まるかもしれない夏休み最後の日はやってきた。

3

決戦当日の朝は、起きた瞬間《しゅんかん》から体の真ん中に浮遊感があった。書類審査《しょるいしんさ》を通過して以降、じわじわと忍び寄ってきていた本物の緊張《きんちょう》がついにやってきたのだ。

目が覚めても、空太は起き上がろうとはしなかった。エサを食わせろと猫《ねこ》が擦《す》り寄ってきても無視した。

仰向《あおむ》けのまま、プレゼンの内容を最初から最後までイメージする。少しでもミスしたら、はじめからやり直した。それを七回繰り返した。

大丈夫。やれるだけのことはやった。準備は整っている。

そう気合を入れても、不安が下腹を疼《うず》かせた。

十時を過ぎたところで、空太はやっと部屋を出た。

ダイニングで猫にエサを与える。七匹《ひき》の猫は無邪気にがっついている。それをぼんやり眺めながら、空太もトーストをかじった。

さくら荘《そう》の中は、とても静かで、誰《だれ》の気配《けはい》も感じない。

仁《じん》は演劇学部四年の麻美《あさみ》さんのところにお泊《とま》りだ。七海《ななみ》はバイトに出かけたあと。千尋《ちひろ》は学校だろう。美咲《みさき》が静かなのは寝《ね》ている証拠。

ましろも机の下で眠《ねむ》っているはずだ。昨晩《さくばん》は遅くまで、新連載を決める会議に出すネームの修正をやっていた。

それぞれに違《ちが》う今日を生きている。そんなことを空太は意識した。そして、それがとてもありがたい。下手《へた》に気を遣《つか》われると、プレッシャーになってしまうから。

空太は猫を残して部屋に戻《もど》った。

のんびりと出かける準備をはじめる。

カーテンのレールにかけてあるスーツは、仁に借りたものだ。レースクイーンの鈴音《すずね》さんから、とあるレストランに誘《さそ》われた際にプレゼントされたものらしい。若干《じゃっかん》サイズが大きめだけど、文句を言っている場合ではない。

襟《えり》の硬いYシャツに腕《うで》を通す。ボタンを一番上まで留める。ズボンをはいて、ネクタイを締めると、だいぶ気持ちが引き締まった。何度見ても、七五三にしか見えないが、これぱかりは仕方ない。三日前に試着した際には、さくら荘《そう》のみんなに大爆笑されたものだ。

上着は着ないで持っていく。今からフル装備では汗《あせ》だくになる。

ケータイで時間を見た。もう出る時刻だ。

何度も書き直したカンペが入っていることを確かめ、鞄《かばん》を肩《かた》からかける。空太は一度深呼吸をしてから玄関《げんかん》に足を向けた。

しゃがんで革靴《かわぐつ》の紐《ひも》を結わく。もう手が震《ふる》えている。終わると頬《ほお》を叩《たた》いて立ち上がった。

「空太《そらた》」

階段を下りてきたましろが、空太を呼び止めた。

前に空太が選んだTシャツとキャミワンピの組み合わせに着替《きが》えている。寝癖《ねぐせ》も自分で直したのか、今日はきちんとしていた。

振り向いた空太の胸に、何かを押《お》し付けてきた。

受け取ろうとした指と指が触れ合う。

握《にぎ》った手を開くと、合格祈願のお守りがあった。ここから三十分ほどの距離にある神社のやつだ。よく水明《すいめい》芸術大学を狙《ねら》う受験生が買いに来ているのを見かける。

「これ、どうしたんだ?」

「昨日、行ってきた」

「青山《あおやま》に頼んだのか?」

「どうして、七海《ななみ》なの?」

少し不満そうに、ましろが空太を見上げてくる。

「え? だって、お前、もしかして、ひとりで?」

「調べて、人に聞いて、たくさん歩いた」

そう言われれば、昨日ましろが部屋にやってきたのは夕方になってからだった。自室でネーム作業をしているんだと思っていたが、どうやら違《ちが》ったらしい。

「あ、悪い、俺《おれ》、何も準備してないや。今日、連載できるか、決まるのに」

「わたしはだいじょうぶ」

聞き返す前に、空太の右手をましろが両手で包み込んだ。お祈りをするように目を閉じて、しばらくじっとしていた。

やがて、うん、と頷《うなず》いて手を離した。

「何が『うん』なのか、全然わかんないけど、いっか……。とにかく、これ、ありがとな」

真《ま》っ直《す》ぐにましろを見ていられず、空太は下駄箱《げたばこ》に視線を逃がした。

「じゃあ、俺、行かないと」

「いってらっしゃい」

ましろに見送られ、空太は足早に玄関を出た。もらったお守りをぐっと握り締める。気持ちが込もると、ズボンの後ろのポケットにしまった。

駅から電車に乗ること約一時間で新宿《しんじゅく》に着いた。そこから地下鉄に乗り換えて、空太は『ゲーム作ろうぜ』を主催するハードメーカーの自社ビルを目指した。

乗り換えた電車の中で、空太はまばらに空いたシートには座らず、ドアの脇《わき》にずっと立っていた。下腹部から太ももの上あたりに沈殿する不快感のせいで、座る気にはなれなかった。

電車が一駅進むたびに、そうした緊張《きんちょう》は鼓動を伴《ともな》いながら成長し、今ではどっかりと空太《そらた》の真ん中に居座っている。

無視することも、忘れることもできない。もちろん、受け止めるなんてもってのほかだ。

車内アナウンスが、次の駅名を告げる。空太が降りる駅だ。体に繋がった紐《ひも》を引っ張られたように、空太の神経がきゅっとなった。

心の準備はまだ整っていない。

それでも、時刻を守って電車は駅に停車する。

ドアが開く。空太はスーツ姿の人の流れにまぎれ、足をもたつかせながらホームに降りた。

黄色い案内板で出口を確認する。会社名そのものが案内板に載《の》っていた。

矢印の示す方向に、操られたように歩き出した。

階段をひとつ上がった。改札を通る。そしてまた階段。

三つ目の階段を抜けると外に出た。目の前に三十階以上はあるビルが鎮座《ちんざ》していた。ガラス張りの綺麗《きれい》な建物で、きらきらしている。場所がわからなかったら、どうしようかと思っていたが、その心配はなかった。ビルの中心部分に、でかでかと会社のロゴが記されている。空太の目的地だ。

一階の拓《ひら》けたフロアは見通しがよくて、外からでも様子がよくわかる。自動ドアの前に警備《けいび》員《いん》がふたり。白いタイル張り。その奥にある受付には、白い制服を着た三人の綺麗《きれい》なお姉《ねえ》さんがいる。笑顔を絶やさずに来客に応対していた。

フロアの手前半分には、おしゃれなテーブルと椅子《いす》が置かれ、今もスーツ姿のビジネスマンが打ち合わせをしていた。

一番奥にエレベーターがある。その手前に、駅の改札に似たゲートがあった。カードをかざして人が通り抜けた。そういうセキュリティになっているようだ。

今まで感じたことのない衝撃《しょうげき》に、空太は襲《おそ》われていた。

――まずい。完全にアウェイだ

味方はいない。孤立《こりつ》している。浮いている。それを自覚すると、ますます落ち着かない気持ちになった。腹の調子まで悪くなる始末だ。

自動ドアの脇《わき》で立ち尽くす空太を、警備員が怪訝《けげん》な顔をして見ている。慌《あわ》てて空太はスーツの上着を着込む。そして、挑《いど》むような気持ちで、ビルに足を踏《ふ》み入れた。

冷房の効《き》いた涼しい空気が空太を出迎えた。でも、汗《あせ》は引くどころか、さらに垂れてくる。場違いどころの騒ぎじゃない。今すぐ回れ右をしてダッシュで逃げ出したい。

警備員にも止められるんじゃないかと思ったが、それはなかった。

ほっとした瞬間《しゅんかん》に、今度は受付の女性と目が合った。にこりと微笑《ほほえ》まれ、視線のやり場に困りながら、受付の前に立った。三人のうち、誰《だれ》に話しかければいいんだろうか。

「本日はどういったご用件でしょうか？」

真ん中のお姉さんがにこやかに言った。

「え、えっと……俺《おれ》、じゃなくて、僕《ぼく》……私は『ゲーム作ろうぜ』のプレゼンテーションでお伺いしたのですが」

恥《は》ずかしくて死にたい。両脇のお姉さんが少し笑っている。慣れない格好で、背伸びしまくっていることは、全部筒抜けだ。

「では、お名前をこちらにお書きいただけますか？」

はがきサイズの紙と一緒にボールペンが差し出されてきた。額《ひたい》は汗でびっしょりだ。氏名の欄《らん》に名前を書く。書き慣れた自分の名前も、ミミズが這《は》ったように歪《ゆが》んでしまう。会社名の欄は空白。アポイントの相手名も空白にするしかなかったが、名前だけを記すと、受付のお姉さんが紙を受け取ってくれた。

「それでは神田《かんだ》様、こちらを首からお提《さ》げください」

ネックストラップのついた入館証明を渡された。一応、名前は読めるレベルだったらしい。

「ただいま、担当の者が参りますので、あちらでお待ちいただけますか？」

後ろのおしゃれなテーブルをお姉さんが手で示す。

その隣では、別のお姉さんが手際《てぎわ》よく内線で誰かを呼び出していた。それが担当の人なんだろう。

空太《そらた》は入館証明を言われた通りに首から提《さ》げ、指示に従って椅子《いす》に座る。背筋《せすじ》を伸ばして、借りてきた猫《ねこ》ようになっていた。

ふ～っと一度大きく息を吐《つ》く。

周りはあまり見ないようにした。見れば、場違《ばちが》いな印象が強くなって、また腹の調子が悪くなってしまう。

エレベーターの到着音が少し遠くでした。

足音が近づいてくる。

視線を上げると、パンツスーツ姿の女性が空太を見ていた。

「神田様でお間違いございませんか？」

年齢《ねんれい》は二十代半ば。メイクは薄《うす》めで清潔感《せいけつかん》がある。

「あ、はい」

「それではご案内いたします。どうぞ、こちらへ」

物腰《ものごし》から話し方まできびきびした人だ。

立ち上がってついていく。

エレベーターの前で、駅の改札のようなゲートを通過した。これはさっきやっている人を見たので、入館証明をかざして何事もなく突破できた。

ドアを押さえてもらい、先に空太がエレベーターに乗り込む。

数字は三十六階まである。その二十五階のボタンが押された。

音も、振動もなく、エレベーターはすぐに到着のベルを鳴らした。

「どうぞ」

今度も、先に空太《そらた》が出された。最初の一歩を踏み出した瞬間《しゅんかん》、思わず声が出た。絨毯《じゅうたん》のような感触。土足でいいんだろうか。

女性社員が構わずに進んでいくので、空太は靴《くつ》を脱《ぬ》ぐという失態を犯《おか》さずに済んだ。

七番の札がついた会議室に通される。そこには、スーツ姿の先客がふたりいた。空太と同じ入館証明。書類審査《しょるいしんさ》の合格者だ。

そのうちのひとりが、年配《ねんぱい》の男性社員に名前を呼ばれ、どこかへと連れて行かれた。表情を見ればわかる。これからプレゼンなんだ。

「こちらでお待ちください」

会議室の真ん中らへんの椅子に座らされた。斜《なな》め前には、瞑想《めいそう》するもうひとりのプレゼン挑《ちょう》戦者《せんしゃ》がいる。

女性社員は会議室の入り口に立ち、何かあれば対応できるようにしている。

空太を含めた三人の息遣《いきづか》いが聞こえてきそうなほどに部屋は静かだった。

それから、数分後、空太の斜め前に座ったもうひとりのプレゼン挑戦者も、年配の男性社員に連れて行かれた。

先に行った人はどうなったのだろう。この部屋には戻《もど》ってこなかった。

いや、今は他人の心配はいい。自分のプレゼンに集中すべきだ。

目を閉じる。けど、何も浮かばない。昨日まで準備したことが、まったく思い出せなくなっていた。

やばい。感情に体が反応する。腹が痛い。胃が痛い。逃げ出したい。

「あ、あの、すいません」

「はい、なんでしょうか？」

「トイレに行きたいんですけど……」

「ご案内いたします」

やわらかい笑《え》みで応対してくれたけど、それで緩和《かんわ》されるほど、空太の緊張《きんちょう》は生易《なまやさ》しい段階のものではなかった。

なんか、普段よりも視界が狭い気がする。体がふわふわしている。自分の体じゃないみたいだ。

案内されたトイレは掃除《そうじ》が行き届いていてピカピカだった。こんな敵地でズボンを脱《ぬ》ぐ勇気もなく、空太はスーツのまま便座に腰《こし》を下ろした。

緊張はすると思っていた。しないわけがない。むちゃくちゃすると予想していた。想像の十倍はわけがわからなくなっている。

時間は刻一刻《こくいっこく》と、そのときに近づいている。

空太《そらた》はポケットの中のお守りをぐっと握《にぎ》った。

情けない結果に終わるわけにはいかない。

立ち上がる。勝手に水が流れた。

手を洗って、うがいをする。乱れた髪《かみ》とネクタイを直して外に出た。

会議室に戻ると、死神のような真っ黒のスーツを着た年配《ねんぱい》の男性がやってきた。前のふたりを連れて行った社員だ。

「神田《かんだ》様。お時間になりましたので、準備がよろしければはじめたいと思いますが」

「よろしくお願いします」

よし、ちゃんとしゃべれた。声も裏返ってない。

会議室を出る。

長い廊下を真《ま》っ直《す》ぐに歩いた。

一番奥に、役員会議室と書かれたドアが待っていた。

男性社員がノックをする。

「神田様をお連れしました」

「どうぞ」

くぐもった声が中から返ってきた。

振り向いた男性社員は、

「では、よろしくお願いします」

とだけ言ってドアを開けた。

空太だけが中に通され、背中でドアが閉まった。

仰々《ぎょうぎょう》しい名前の部屋は、さっきまでいた会議室の二倍程度の広さ。だいたい教室ふたつ分。縦長だ。正面には大きなスクリーン。その脇《わき》にコントロール用のノーパソが設置されている。あそこに立ってしゃべれということだろう。

審査員《しんさいん》は全部で五人。横一列に並んでいる。四人はスーツ。真ん中にいる人物には見覚えがあった。この会社の代表取締役《とりしまりやく》社長だ。ゲームショウやE3のたびに、次世代ハードの戦略《せんりゃく》、商品力をアピールするために壇上《だんじょう》に上がっている。

あとは知らない。いや、一番右端《みぎはし》に座った人物は知っている。ひとりだけ私服。それもTシャツ一枚というラフさ。初期『ゲーム作ろうぜ』でアクションパズルゲームを開発した人物。名前は藤沢和希《ふじさわかずき》。水明《すいめい》芸術大学の出身で、今なお、ヒット商品を連発しているゲームクリエイターだ。

「神田さん、はじめてください」

そう言ったのは左端にいた男性だ。空太から見ると父親でもおかしくない年齢《ねんれい》。そんな人に敬語を使われたことがない空太の反応は鈍かった。

「え？」

「はじめてください」

何から何までが、今まで生きてきた世界とは違う。

「あ、は、はい」

前に出る。そこは一段高くなっていて、急に視界が広がった。

五人の審査員《しんさいん》の挙動がよく見える。

三人は退屈《たいくつ》そうだ。あとふたりは何を考えているのかわからない。

「それでは企画内容の説明をさせていただきます」

極度の緊張《きんちょう》状態にありながらも、空太《そらた》は第一声を間違《まちが》えはしなかった。早口にはなってしまったが、それ以外はそこまで酷《ひど》くはない。声も出ている。

七海《ななみ》のアドバイスのおかげで、緊張していてもとりあえずしゃべることはできそうだ。

まずは企画コンセプトを丁寧《ていねい》に伝えた。その上で、ゲーム全体の規模感《きぼかん》を解説しつつ、ターゲット層《そう》の分析を示した。適宜《てきぎ》、声のトーンとしゃべりのペースは調整しながら進めた。

ベネフィットの説明では、遊んでいるユーザーの感情が想像できるよう、身振《みぶ》り手振りを交えつつ、企画書の補足を行った。

最初の五分間は、極度の緊張の中にしてはよくやれた。

それで余裕が出てきた空太は、ゲーム内容の細かい説明に入る前に、それまで見ないようにしていた審査員の表情を確認してしまった。

立て続けに目が合った。全員がどこか不機嫌《ふきげん》。腕《うで》を組み、難しい顔をしている。反応が悪い。

ひとりはずっと下の書類を見たまま動かない。

胸の中に芽生《めば》えはじめていた自信は、一瞬《いっしゅん》にして儚《はかな》い泡となって消え、空太を支えるものはあっさりと崩壊した。

真っ白になった。

目の前も、頭の中も。

次に何をして、どんな話をすればいいのか飛んでいる。とにかくページをめくらないとダメだ。ごまかさないと。いや、元の軌道に戻《もど》せばいい。戻したところで、この反応の悪さは変わらない。じゃあ、どうすればいい。脳内《のうない》でサイレンが鳴っている。赤い光が明滅していた。

そんな状態だったから、その後、自分が何を言ったのか空太は把握《はあく》できていなかった。

企画書の最後のページを読み上げた瞬間は、少し覚えている。カンペ通りの内容をきちんと自分はしゃべっていた。練習の成果だ。頭はダメでも、体が言葉を覚えていてくれた。

質疑応答では三つ質問が来た。

ひとつは社長。ふたつは藤沢和希《ふじさわかずき》からだ。

何を聞かれて、何を答えたのかはよく覚えていない。

「時間です。では、神田《かんだ》さんのプレゼンテーションは以上とさせていただきます」

ぺこりと空太《そらた》は頭を下げた。

これではいい結果は望めないかもしれない。けど、今はいい。どうせ、結果がくるのは後日封書でだろう。とにかく、今は一秒でも早くこの部屋を出たい。この会社から逃げ出したい。スーツを脱《ぬ》ぎたい。ネクタイを解《ほど》きたい。いつもの自分に戻りたい。そう渇望《かつぼう》していた。

「神田《かんだ》さん」

そう声をかけてきたのは社長だった。

「まずは『ゲーム作ろうぜ』への参加にはお礼申し上げます」

「いえ、こちらこそ、お忙しい中、今日はありがとうございました」

目で社長が頷《うなず》く。

「まことに残念ですが、今回の企画に関してはご縁がなかったということで、ご理解していただきたいと思います」

「…………」

今、この人はなんと言ったんだろう。

「はい……そうですか」

自分じゃない誰《だれ》かが、勝手にしゃべっているみたいだった。

もう一度頭を下げ、失礼しますと言ってから、空太は役員会議室を出た。ここまで案内してくれた男性社員に見送られて、エレベーターで一階に下りる。また駅の改札のようなゲートを通る。受付に入館証明を返した。男性社員に深々と頭を下げられ、空太はビルを出た。

足早に地下鉄の階段を下りる。誰にも今の自分を見られたくなかった。どこかに逃げ込みたかった。

まさか、結果をその場で通達されるとは考えていなかった。その準備はまったくしていなかった。終われば終わったで、ひとまずやり切ったと自分をほめてあげられると思っていたのに……。

それになんだ、あの態度は。大人が敬語で接してくる気持ちの悪さ。社長まで空太に礼を尽くした。これが仕事か。社会人というやつか。

龍之介《りゅうのすけ》から高校生の感覚を捨てろと言われていた。その本当の意味を思い知った気がした。学校とはまったく違《ちが》う世界なんだ。

書類審査《しょるいしんさ》を通過して、うぬぼれてもいた。もっと自分の企画を、興味を持って聞いてくれるものだと勘違いしていた。

聞いてくれること前提で準備をしてしまった。興味を持ってもらうための用意は一切していなかった。

悔《くや》しさとやりきれなさが、津波となって押し寄せてくる。抵抗する術《すべ》も、逃げる術も持たない空太は、あっさりと呑《の》み込まれた。

その先には、暗闇《くらやみ》しかない。

4

芸大前駅に帰り着いたのは、六時を少し回ってからだった。

夏のこの時間はまだ明るい。亡霊《ぼうれい》のような足取りで、空太《そらた》はホームに降り立ち、改札を抜けた。赤レンガの商店街の真ん中を、ふらふらと進んだ。

途中《とちゅう》、魚屋のおじさんが、

「おう、神田《かんだ》の坊主《ぼうず》じゃねえか！　なんだ、その格好は！」

と言いながら大笑いしてきても反応できなかった。

肉屋の前で、おばちゃんに、

「まあまあ、空太君じゃない。あらやだ、見違えちゃって。おばさんがあと二十歳若ければねえ〜」

などと冗談を言われても、ツッコミを入れる余裕はなかった。

他にも声をかけられた。その全部を、空太は片手を挙げただけであしらった。殆《ほとん》ど意識なんてしていなかった。

普段は十分足らずの距離を、三十分以上かけてさくら荘《そう》に帰った。

無言で門扉《もんぴ》を開け、玄関《げんかん》の扉に手をかけたところで動けなくなった。ただいまを言う気にはなれない。みんなに結果を報告する義務がある。毎日、何時間も付き合ってくれたのだ。けど、こんな残念な結果を、みんなは聞きたいだろうか。変に気を遣《つか》わせるだけだ。

なんて言い訳をすればいいんだろう。

空太は玄関には上がらず、庭のある裏手に回った。縁側に座って、沈み行く太陽を眩《まぶ》しそうに眺《なが》めた。

体が赤く染まる。満身創痍《まんしんそうい》の血だらけだ。いいところはひとつもなく、完膚《かんぷ》なきまでに叩《たた》きのめされた。

何もかもが足りなかった。届かなかった。

太陽が完全に沈んだ。

でも、届かなかったとしても、今日出したすべてが今の空太の全力だった。手を抜いてなんかいない。準備もきちんと行った。アイディアにも自信はあった。でも、ダメだった。それが結果だ。そして、その結果がすべてだ。

「……くっ」

額《ひたい》を押《お》さえて、前かがみになる。

鼻の奥が疼《うず》く。眼球が熱い。

こんなみっともない涙《なみだ》は流したくない。

だから必死に堪《こら》えた。

やれるだけのことをやったのに、自分がどの位置まで行けたのかもわからない。少しの勝算も見えなかった。あとちょっとだとか、次はやれそうだとか、そんな慰《なぐさ》めの言葉がひとつも思い浮かばない。

「空太《そらた》」

「………………」

ましろの声だ。今さら間違《まちが》えようがない。

顔は上げられなかった。

「空太？」

「ただいま……」

困った様子のましろに対して、それを言うのが精一杯だった。

「おかえり」

縁側の上を、ましろが近づいてくる。その気配《けはい》を感じて、とっさに空太は予防線を張った。

「連載、どうなった？」

「決まった。十一月発売号から」

「そうか。おめでと」

「うん。ありがと」

さすが、ましろだ。きちんと結果を掴《つか》み取る。

類《たぐい》まれな才能。その才能を伸ばす努力もしている。

果たして、自分とましろは何が違《ちが》うんだろうか。そんなのいくらでも思いつく。ずっと才能の世界にましろは身を置いてきた。他人に評価される立場にあり続けてきた。何度も傷付きながら、何度でも立ち上がってきた。その姿は前に見ている。

継続する力。諦《あきら》めずにやり続ける気力。痛みに負けない強さ。あらゆる面で、空太はましろには届かない。もちろん、実力でも。

「じゃあ、描《か》かないとな」

「うん。第一話の原稿しながら、続きのネームも」

「忙《いそが》しくなるな」

「……うん」

空太の結果は、さすがのましろでもわかっているだろう。

ましろが空太の隣《となり》に座ろうとする。

「こんなとこいないで、描け」

「でも……」

「椎名《しいな》」

「なに？」

「こっちは前じゃないぞ」

ましろの動きが止まった。

「そうね……」

回れ右をして、ましろが立ち去る。どうせ届かないなら、遙《はる》か遠くまで行ってほしいと思う。並び立つことが許されないなら、希望など抱《いだ》かないほどの高みにたどり着いてほしいと。どこまでも突っ走ってほしいと。

残された空太《そらた》は、もらったお守りに静かに謝罪《しやざい》した。今は、今だけはましろに側《そば》にいられると辛い。ましろにそんな気がなくても、ましろの存在が自分を咎《とが》めてくる。あの日に見つめられると、もっと前から努力を積み重ねてこなかったことを、否定されているような気がしてくる。逃げ出したくなる。ましろを嫌《きら》いになりそうになる。

ああ、そうか。これがそうか。

ぼやけていたものの輪郭《りんかく》が、急にくっきりと見えた気がした。

仁《じん》が言っていたのは、こういうことだったんだ。

痛みの深さが、ようやく空太にもわかった。少しは理解できるような気がしていたけど、自分の感情にはなっていなかった。

遠い。あまりにも遠い。今の空太にとって、ましろは星空のような存在だ。手を伸ばして届くような距離じゃない。見えてはいるけど、たどり着くまでには途方《とほう》もない道のりがある。その旅路《たびじ》を思うと、心はくじけてしまいそうだ。

こんなものを見せ付けられたら、確かに頭がおかしくなる。好きなものが嫌いになるかもしれない。そして、それが嫌《いや》で距離を置こうとする。

仁が美咲《みさき》とのことで悩むのも当然なんだ。仁ですら持て余す感情を、自分はいつかどうにかできるのだろうか。

答えなど出るはずがない。空太は渦巻《うずま》く感情に操られるまま、両手で顔を覆《おお》った。

そんな空太の側に、別の人影が近づいてきた。

「泣いてもいいよ?」

すぐ脇《わき》に立っていたのは七海《ななみ》だ。

空太は強がって顔を上げた。

「青山《あおやま》じゃないんで、泣きません」

「な、なによ。人がせっかく……悪かったわね。あのときは、泣いたりして……」

「ごめん、嘘《うそ》だよ。ありがと」

「先にそれを言ってよ、もう……」

「なあ、青山」

「なに?」

「本気になるってのは、やばいな」

「うん。そうだね」

「後悔《こうかい》とか、悔《くや》しいとか、そういうのから、逃げも隠《かく》れもできねえよ」

今回の敗北は誰《だれ》のせいでもない。全部自分のせい。手抜きもしてない。全力でぶつかって、そして、砕《くだ》け散った。

「でも、私は目標持って生きている人が好き。一生懸命《いっしょうけんめい》な人が好き……」

隣《となり》に座った七海《ななみ》の横顔をなんとなく見ていた。

「な、なに見てるの？」

「……いや、青山《あおやま》がいてくれてよかったって思って」

「な、なに言うのよ……」

俯《うつむ》いて七海が身を縮める。

「違《ちが》う！　別に変な意味じゃなくて……俺《おれ》、なに言った？」

「はあ〜、そういうところは、直した方がいいと思うな」

「だからこれはその……なんか、青山のおかげで、ちょっと楽になったって言いたかったんだよ、俺は」

「はいはい。わかりました」

「なんだよ、そのバカにした態度は」

「あ、わかった？」

「ったく……人がせっかく感謝してるのにさ」

自然と空太《そらた》の表情はほころんでいた。ましろの前では、こんな風に笑えなかった。存在がプレッシャーになってしまうのだ。

それが、七海だと違《ちが》う気がした。よくわからないけど、気持ちが隣《となり》にいる感じがする。

「その言い方だと、素直に喜ぶ気にはなれないの」

口を尖《とが》らせた七海が威圧的な視線を向けてきた。

「じゃあ、どう言えばいいんだよ！」

「そんなの自分で考えて」

「それもそうだな……」

「ほんとに大丈夫？」

「ああ、なんか、いい感じになってきた」

「なに、それ？」

プレゼンの失敗を思い出すと嫌《いや》な気分になる。今日の記憶《きおく》を消してしまいたくなる。でも、忘れる方法はひとつしかなくて、それを空太は前にましろから学んでいた。結局、悔《くや》しさを拭《ぬぐ》う方法は、努力を続けていく以外にはない。

近い未来、自分が成長できたなら、きっとこの痛みもかさぶたになって、ぽろっと取れるんだ。

それがわかると、苦しい胸の中に、一縷《いちる》の楽しさが芽生《めば》えていることに気づいた。

今までは挑戦《ちょうせん》しようとする山の高さが見えていなかった。大人に自分のアイディアをぶつけるプレゼンを経験したことで、目標がもっともっと先にあるのだとわかった。

全貌《ぜんぼう》が見えたわけではないけど、挑む相手の強大さを垣間見《かいまみ》ることができた。そして、その相手の大きさが、強さが、空太《そらた》の原動力になっていく。

「やべぇ……なんか楽しくなってきた」

「神田《かんだ》君ってマゾだったんだ」

「それも、普通って言われるよりは、うれしいな」

「うわっ、もう真性だね。さすがさくら荘《そう》の住人」

「今は青山《あおやま》もその一員だぞ」

「うっ、そうだった……」

空を見る。次はもう一歩前に。空太はそう決意した。

七海《ななみ》が縁側の奥をじっと見ている。何かあるんだろうか。

「気になって仕方ないみたいね」

「え？」

「ましろよ」

言われて振り向くと、建物の角からましろがこちらの様子を窺《うかが》っていた。空太にばれたと気づくと、いったん体を引っ込める。それから、恐《おそ》る恐る目のところまで顔を出した。

七海が手招きをする。

「もう大丈夫《だいじょうぶ》でしょ？」

小さい声で聞かれた。それに、ああ、と空太は答えた。全部お見通しだ。七海には敵《かな》わない。

「てか、お前、見てたのか？」

「なんの話？」

わざとらしく七海がとぼける。この様子だと、空太とましろのやり取りは全部聞かれていたと思った方がよさそうだ。

小走りでましろがやってきた。

何か言いたそうだが、何も言ってこない。

だから、空太が先に口を開いた。

「今回はダメだった。次はもっとがんばるよ」

「うん」

声に出して、ましろが頷《うなず》く。

他に言葉は出てこない。けど、今の一言で十分だった。気持ちは一気に軽くなっていた。ましろを前にしても苦しくはなくなっていた。

「もういいの？」

七海《ななみ》の問い掛《か》けに、空太《そらた》もましろも無言で答えた。

「じゃあ、わたしからも」

そう前置きすると、七海は真《ま》っ直《す》ぐにましろを見て、

「ましろには負けないから」

と軽い調子で宣言《せんげん》した。

少し驚《おどろ》いたようにましろが目を見開く。でも、すぐにいつもの無表情に戻《もど》った。それから、

「負けるのは嫌いよ」

とはっきり口に出した。

その意味を、空太は完全に取り違《ちが》えた。

「おう、俺《おれ》もだ」

「……そういう意味じゃないわよ」

「え？」

「なんでもない！」

「なに怒ってんだ？」

「怒ってないわよ！」

「怒ってんじゃん！」

「どつき回すわよ！」

「無茶苦茶だな、お前！」

「空太はバカ」

「椎名《しいな》にだけは言われたくねえ！」

「お～、こーはいくん、おかえり～！」

そこへ、はっぴ姿の美咲《みさき》が飛び出してきた。両手には、抱《かか》えきれないほどの花火を持っている。

「なんだ、空太帰ったのか？」

仁《じん》も部屋の窓から顔を出してきた。

空気を読まずに美咲が全員に花火を配って歩く。火のついた蠟燭《ろうそく》とバケツの準備も欠かさない。

「夏と言えば花火だよ！　花火をやらずして夏は語れない！　夏は終われない！　というわけで、今から花火大会を開催するんだも～ん！」

そう言いながら、さっさと美咲が打ち上げ花火に次々に点火していく。筒から連続で火の玉が空に上がった。

仁も部屋から出てきて、袋を破《やぶ》って火をつけた。

何か言いかけた七海も、

「ま、いっか」

とだけ言って続いた。案の定、花火をしたことがないましろにも色々と教えてあげている。

「花火は人に向けたらダメ」

「空太《そらた》は？」

「俺《おれ》も人だ！」

空太も参戦して、大量の花火に火をつけた。綺麗《きれい》な火花が散って、暗闇《くらやみ》を明るく彩る。消えたらまたすぐに新しい花火を出した。みんな笑っている。楽しそうだ。だから、空太の心もすっかり晴れた。

縁側では千尋《ちひろ》がビールを飲んでいる。警戒《けいかい》しながら、猫《ねこ》たちも顔を出した。

「じゃあ、次はこれだ！」

美咲《みさき》がはっぴの中から取り出したのはメロンサイズの丸い玉。ダンボールのような外装で、導火線が出ている。

見覚えがある。本格的な打ち上げ花火だ。

全員が硬直した隙《すき》を突いて、美咲はいつのまにか庭に設置されていた大きな筒に玉を放り込んだ。そして、着火。

「待った、先輩《せんぱい》！」

一足遅《ひとあしおく》れて、空太の声が響き渡る。

直後、玉が筒から飛び出して空高く打ち上がった。ぴゅ～っと情緒溢《あふ》れる音がして、それが消えると同時に、雲《くも》ひとつない夏の夜空に大輪の花が咲いた。

仁《じん》が苦笑いをする。七海《ななみ》は口を開けたままだ。美咲《みさき》がた～まやぁ～と声をあげ、千尋《ちひろ》がビールを噴《ふ》き出した。ましろはただ無感動に、花火の光に照らされていた。

真下から見る花火は新鮮で、押し潰《つぶ》されそうな迫力があった。震動《しんどう》が、音が、ぶつかってくる。全身で花火を感じた。

夜空を照らす大輪の花を、空太《そらた》は心にしっかりと焼き付けた。この夏の思い出として。たぶん、仁も、美咲も、七海も、ましろも、千尋だって同じように記憶《きおく》に留《とど》めたはずだ。

そんな風に空を支配した花火も、やがては夜に溶けて消えていく。何事もなかったかのように、空は静けさを取り戻《もど》した。

その代わり、さくら荘《そう》には、千尋の絶叫が轟《とどろ》いたのは言うまでもない。

「あんたら、そこに並びなさいっ!!」

八月三十一日。

この日のさくら荘会議の議事録には次のようにある。

──花火をした。綺麗《きれい》だった。書記・椎名《しいな》ましろ

──今後『大会』を開催する場合は、千石《せんごく》千尋の許可を取ること！　プールに忍び込んだことも知ってんのよ！　追記・千石千尋

あとがき

本屋にこの本が並ぶ頃《ころ》には、そろそろ数えるのを止めてもいいかなと思える、世にも恐ろしい三十二回目の誕生日なんてものがやってくるわけです。それがつまり何を意味しているのかと言いますと、中学を卒業し、高校に入学し、学ランなんてものを着るようになったあの日から、十六年も経過したということなんですね、これが。

自分が高校生のときは、三十を過ぎた己《おのれ》の姿など想像もつきませんでしたが、今となっては、自分に十代の頃があったことの方が信じられません。いや、ほんとに……。

当時の自分が、今の自分を見て、がっかりしないことを祈ります。

それはさておき、すっかり年老いた脳《のう》を、どうにか若返らせながらお届けしている「さくら荘《そう》のペットな彼女」の二巻は、お気に召《め》していただけたでしょうか。そうであれば、幸《さいわ》いです。そうでなかった場合は……考えないでおきます。

タイトルにもなっている「さくら荘」は、耳触《みみざわ》りのよさと、親しみやすさが気に入ってつけた名称なのですが、特別珍《めずら》しい名前でもないため、ぽちっと検索してみると、日本全国いろんなところに実在しているようです。どこかのさくら荘をモチーフにしたわけではないのですが……。

もしかしたら、皆様の身近なところに、さくら荘が存在しているかもしれません。で、それがどうしたのかと言いますと、ただ、それだけの話です。

この場を借りて、ご挨拶《あいさつ》をいくつか。

お手紙を送ってくださいました読者の方々には、大変感謝しております。本当になんとお礼を言えばいいのやらです。大切に読ませていただき、これを励《はげ》みに、次も白紙の原稿と戦っていこうと思います。

また、デザイナーのT様、企画書の画像データまで作成していただき、ありがとうございました。今回もかわいらしいイラストを描《か》いてくださいました溝口《みぞぐち》ケージ様、担当編集の荒木《あらき》様にもお礼申し上げます。

では、次回は夏頃にお会いできればと。

鴨志田《かもしだ》一《はじめ》

◉鴨志田　一著作リスト

本書に対するご意見、ご感想をお寄せください。

■

あて先

〒160-8326 東京都新宿区西新宿4-34-7
アスキー・メディアワークス電撃文庫編集部
「鴨志田 一先生」係
「溝口ケージ先生」係

■

電撃文庫

さくら荘《そう》のペットな彼女《かのじょ》2

鴨志田《かもしだ》 一《はじめ》

発行 二〇一〇年四月十日 初版発行
二〇一〇年十一月五日 六版発行

発行者 高野 潔

発行所 株式会社アスキー・メディアワークス
〒一六〇-八三二六 東京都新宿区西新宿四-三十四-七
電話〇三-六八六六-七三一一（編集）

発売元 株式会社角川グループパブリッシング
〒一〇二-八一七七 東京都千代田区富士見二-十三-三
電話〇三-三二三八-八六〇五（営業）

装丁者 荻窪裕司（META＋MANIERA）

印刷・製本 加藤製版印刷株式会社

ISBN978-4-04-868463-7 C0193

電撃文庫創刊に際して

文庫は、我が国にとどまらず、世界の書籍の流れのなかで〝小さな巨人〟としての地位を築いてきた。古今東西の名著を、廉価で手に入りやすい形で提供してきたからこそ、人は文庫を自分の師として、また青春の想い出として、語りついできたのである。

その源を、文化的にはドイツのレクラム文庫に求めるにせよ、規模の上でイギリスのペンギンブックスに求めるにせよ、いま文庫は知識人の層の多様化に従って、ますますその意義を大きくしていると言ってよい。

文庫出版の意味するものは、激動の現代のみならず将来にわたって、大きくなることはあっても、小さくなることはないだろう。

「電撃文庫」は、そのように多様化した対象に応え、歴史に耐えうる作品を収録するのはもちろん、新しい世紀を迎えるにあたって、既成の枠をこえる新鮮で強烈なアイ・オープナーたりたい。

その特異さ故に、この存在は、かつて文庫がはじめて出版世界に登場したときと、同じ戸惑いを読書人に与えるかもしれない。

しかし、〈Changing Times,Changing Publishing〉時代は変わって、出版も変わる。時を重ねるなかで、精神の糧として、心の一隅を占めるものとして、次なる文化の担い手の若者たちに確かな評価を得られると信じて、ここに「電撃文庫」を出版する。

1993年6月10日
角川歴彦

電撃文庫

さくら荘のペットな彼女
鴨志田一
イラスト／溝口ケージ
ISBN978-4-04-868280-0

俺の住むさくら荘にやってきた椎名ましろは、可愛くて天才的な絵の才能の持ち主。だけど彼女は、生活能力が皆無だった。彼女の〝世話係〟に任命された俺の運命は⁉

か-14-9　1885

さくら荘のペットな彼女2
鴨志田一
イラスト／溝口ケージ
ISBN978-4-04-868463-7

天才少女ましろの〝飼い主〟役にまだ慣れない俺。そんな中迎えた夏休み、声優志望の七海がさくら荘に引っ越してくることになり⁉ 波乱の予感な第2巻‼

か-14-10　1935

Kaguya ～月のウサギの銀の箱舟～
鴨志田一
イラスト／葵久美子
ISBN978-4-04-867014-2

〝自分の見ているものを他人に見せることができる〟という使い道のない超能力を持つ真田宗太。そんな彼が盲目の少女、立花ひなたと出会って……。

か-14-4　1583

Kaguya2 ～月のウサギの銀の箱舟～
鴨志田一
イラスト／葵久美子
ISBN978-4-04-867183-5

とある事情で盲目の美少女ひなたと一緒に住んでいる真田宗太。京先輩からよけいな入れ知恵をされたひなたが接近大作戦を仕掛けてきて……。

か-14-5　1642

Kaguya3 ～月のウサギの銀の箱舟～
鴨志田一
イラスト／葵久美子
ISBN978-4-04-867470-6

晴れて〝おつきあい〟が始まった宗太とひなた。しかしその愛の巣には早々に京が居座ってしまい……。旅行、海、露天風呂とイベント盛りだくさんです！

か-14-6　1713

電撃文庫

Kaguya4 ～月のウサギの銀の箱舟～

鴨志田 一
イラスト／葵久美子

ISBN978-4-04-867820-9

宗太とひなたの間に生まれたアルテミスコードの謎を解くため、２人は〝ずっと手を繋いでいる〟ことになる。それはつまり、寝るときも食事のときもお風呂のときも一緒ってことで!?

か-14-7　1769

Kaguya5 ～月のウサギの銀の箱舟～

鴨志田 一
イラスト／葵久美子

ISBN978-4-04-868019-6

ひなたやゆうひとともに「銀の箱舟」に身を寄せることになった宗太。そこで、宗太はもう１人の「かぐや姫」アリサに出会い――？ 物語はクライマックスへ!!

か-14-8　1829

神無き世界の英雄伝

鴨志田 一
イラスト／坂本みねぢ

ISBN978-4-8402-3919-6

大企業の御曹司ロイ・クローバーとコックのレン・エバンス。境遇のまるで異なる２人が、電子妖精に選ばれて提督となったとき……！ スペースオペラ開幕!!

か-14-1　1463

神無き世界の英雄伝②

鴨志田 一
イラスト／坂本みねぢ

ISBN978-4-8402-3919-6

侵攻してきた軍神マスターズ率いる銀河連合統合軍。一方、天才レン・エバンスの過去が明らかになり、それを知ったネリーは……。スペース・オペラ第２弾！

か-14-2　1504

神無き世界の英雄伝③

鴨志田 一
イラスト／坂本みねぢ

ISBN978-4-8402-4126-7

イージスの盾を攻略しなければ惑星ダリアは取り戻せない。絶対といわれる防御システムを前にロイとレンが選んだ奇策とは……？ 人気スペースオペラ第３弾！

か-14-3　1531

電撃文庫

灼眼のシャナ

高橋弥七郎
イラスト／いとうのいぢ

ISBN4-8402-2218-5

平凡な生活を送る高校生・悠二の許に少女は突然やってきた。炎を操る彼女は悠二を〝非日常〟へいざなう。『いずれ存在が消える者』であった悠二の運命は⁉

た-14-3　0733

灼眼のシャナII

高橋弥七郎
イラスト／いとうのいぢ

ISBN4-8402-2321-1

『すでに存在亡き者』悠二は、自分の消失を知りながらも普段通り日常を過ごしていた。悠二を護る灼眼の少女・シャナはそんな彼を見て……。

た-14-4　0782

灼眼のシャナIII

高橋弥七郎
イラスト／いとうのいぢ

ISBN4-8402-2410-2

吉田一美は決意する。最強の敵に立ち向かうことを。シャナは初めて気づく。この感情の正体。息を潜め、忍び寄る〝紅世の徒〟。そして、坂井悠二は――。

た-14-5　0814

灼眼のシャナIV

高橋弥七郎
イラスト／いとうのいぢ

ISBN4-8402-2439-0

敵の自在法『揺りかごの園』に捕まったシャナと悠二。シャナは敵を討たんと山吹色の空へと飛翔する。悠二は、友達を、学校を、吉田一美を守るため、ただ走る!!

た-14-6　0831

灼眼のシャナV

高橋弥七郎
イラスト／いとうのいぢ

ISBN4-8402-2519-2

アラストール、ヴィルヘルミナ、謎の白骨。彼らが取り巻く紅い少女こそ、『炎髪灼眼の討ち手』シャナ。彼女が生まれた秘密がついに紐解かれる――。

た-14-7　0868

電撃文庫

灼眼のシャナⅥ

高橋弥七郎
イラスト／いとうのいぢ

ISBN4－8402－2608－3

今までの自分には無かった、とある感情が芽生えたシャナ。今までの自分には無かった、小さな勇気を望む吉田一美。二人の想いの裏には、一人の少年の姿が……。

た-14-8　0901

灼眼のシャナⅦ

高橋弥七郎
イラスト／いとうのいぢ

ISBN4－8402－2725－X

坂井悠二はすでに死んでいた。真実を知ってしまった吉田一美は絶望していた。絶望して、そして悠二から逃げ出した。空には、歪んだ花火が上がっていた——。

た-14-10　0957

灼眼のシャナⅧ

高橋弥七郎
イラスト／いとうのいぢ

ISBN4－8402－2833－7

〝教授〟とドミノが企てた〝実験〟を退けた悠二とシャナ。次に彼らを待ち受けていたのは「期末試験」という〝日常〟だった。シャナは女子高生に戻ろうとするが……!?

た-14-11　1001

灼眼のシャナⅨ

高橋弥七郎
イラスト／いとうのいぢ

ISBN4－8402－2881－7

「〝ミステス〟を破壊するのであります」ヴィルヘルミナの冷酷な言葉に、シャナは凍りつき、そして拒絶する。悠二を巡り二人は対峙した——！　激動の第Ⅸ巻！

た-14-12　1050

灼眼のシャナⅩ

高橋弥七郎
イラスト／いとうのいぢ

ISBN4－8402－3142－7

一つの大きな戦があった。決して人が知ることのない、〝紅世《ぐぜ》の徒《ともがら》〟とフレイムヘイズの、秘された戦い。それは、もうひとりの『炎髪灼眼の討ち手』の物語だった。

た-14-14　1140

電撃文庫

灼眼のシャナXI
高橋弥七郎
イラスト／いとうのいぢ

ISBN4-8402-3204-0

坂井悠二の許に〝日常〟が帰ってきた。御崎高校には学園祭の季節が訪れ、シャナもそれを楽しもうとするが、吉田一美と仲良くする悠二を見て、気持ちが不安定に……。

た-14-15 1166

灼眼のシャナXII
高橋弥七郎
イラスト／いとうのいぢ

ISBN4-8402-3304-7

日常の中の非日常、御崎高校主催の学園祭「清秋祭」を楽しむ悠二たち。そこに、何処からか風が流れてきた。〝紅世の徒〟の自在法を纏った、妖しい風だった……。

た-14-16 1217

灼眼のシャナXIII
高橋弥七郎
イラスト／いとうのいぢ

ISBN4-8402-3549-X

『零時迷子』を巡り、〝彩飄《さいひょう》〟フィレスの襲撃を受けた悠二。〝銀〟の出現も相俟って、事態はさらなる変化を起こす。それは、あの〝徒〟顕現の予兆……！

た-14-18 1313

灼眼のシャナXIV
高橋弥七郎
イラスト／いとうのいぢ

ISBN978-4-8402-3719-2

クリスマスを迎えた御崎市では、二人の少女に決断の時が訪れていた。一人の少年——坂井悠二を巡る、シャナと吉田一美の決断の時が。

た-14-19 1386

灼眼のシャナXV
高橋弥七郎
イラスト／いとうのいぢ

ISBN978-4-8402-3929-5

〝教授〟と呼ばれる〝紅世の王〟が最も忌み嫌う存在……『鬼功の繰り手』サーレ。未熟なフレイムヘイズの少女を従えた彼が向かった先は、紺碧の海に囲まれた街だった。

た-14-20 1464

電撃文庫

灼眼のシャナXVI

高橋弥七郎
イラスト／いとうのいぢ

ISBN978-4-8402-4061-1

クリスマス。シャナと吉田一美は、坂井悠二をただ待ち続けた。紅世の王〝祭礼の蛇〟となった悠二は『星黎殿』へと帰還、「大命」に向けて静かに動き出す……。

た-14-21　1505

灼眼のシャナXVII

高橋弥七郎
イラスト／いとうのいぢ

ISBN978-4-04-867341-9

『星黎殿』に幽閉されたシャナ。フレイムヘイズとしての力を奪われた今の彼女に抗《あらが》うすべは無かった。命を狙う〝徒〟が、すぐそこまで迫っていたとしても……。

た-14-23　1675

灼眼のシャナXVIII

高橋弥七郎
イラスト／いとうのいぢ

ISBN978-4-04-867521-5

悠二は『大命』成就のため、『久遠の陥穽』に旅立った。ついに〝紅世の徒〟とフレイムヘイズは一大決戦に向かう。その陰で、ヴィルヘルミナはシャナ奪還計画を発動し……！

た-14-24　1720

灼眼のシャナXIX

高橋弥七郎
イラスト／いとうのいぢ

ISBN978-4-04-868007-3

〝蛇〟坂井悠二を追い『詣道』に突入したシャナ。先代『炎髪灼眼』に優るとも劣らない力を覚醒させた彼女だが、『殺し屋』サブラクの奇襲を受け……！　本編最新巻！

た-14-25　1817

灼眼のシャナXX

高橋弥七郎
イラスト／いとうのいぢ

ISBN978-4-04-868451-4

〝蛇〟は復活した。坂井悠二と共に『大戦』戦場に帰還した〝蛇〟は、その悲願たる『大命宣布』を決行する……！　それは、フレイムヘイズたちの敗北を意味していた……。

た-14-26　1923

電撃文庫

灼眼のシャナ0
高橋弥七郎
イラスト／いとうのいぢ
ISBN4-8402-3050-1

その少女に名前はなかった。ただ「贄殿遮《にえとのし》那《やな》のフレイムヘイズ」と呼ばれていた。少女の使命は〝紅世《ぐぜ》の徒《ともがら》〟の討滅。いまはまだ、その隣に〝ミステス〟はいなかった——。

た-14-13　1101

灼眼のシャナS
高橋弥七郎
イラスト／いとうのいぢ
ISBN4-8402-3442-6

『弔詞の詠み手』マージョリー・ドー。「戦闘狂」と畏怖される彼女の過去が、今紐解かれる。吉田一美の姿を描いた『灼眼のシャナ セレモニー』も収録！

た-14-17　1269

灼眼のシャナSⅡ
高橋弥七郎　イラスト／いとうのいぢ
コミック／笹倉綾人
ISBN978-4-04-867085-2

敵対した悠二とシャナ。二人がまだ通じ合っていた頃の物語『ドミサイル』、ヴィルヘルミナとフィレスの物語『ヤーニング』ほか、短編集『S』シリーズ第2弾！

た-14-22　1600

ギャルゲーマスター椎名
周防ツカサ
イラスト／彩季なお
ISBN978-4-04-868455-2

あらゆる選択肢を極め、無限の輪廻から少女たちを救う救世主。二次元世界の理を統べる王。彼の名は椎名。『ギャルゲーマスター』椎名雄介……！

す-8-10　1927

死想図書館のリヴル・ブランシェ
折口良乃
イラスト／KeG
ISBN978-4-04-868453-8

お待ちしておりました、黒間イツキ様。貴方様は私をお使いになり、死書の封印をしていただきます。その過程において、この身はすべてイツキ様に隷属します。

お-13-4　1925